Wunschelberg
Das Lächeln des Mittelgroßen Konfusio

1. Auflage 2016
© Ueberreuter Verlag GmbH, Berlin 2016
ISBN 978-3-7641-5082-2
Umschlag- und Innenillustrationen: Laura Rosendorfer
Druck und Bindung: Interak, Czarnków
Gedruckt auf Papier aus geprüfter
nachhaltiger Forstwirtschaft.

www.ueberreuter.de

Judith Allert

Wunschelberg

Das Lächeln des Mittelgroßen Konfusio

Mit Illustrationen von
Laura Rosendorfer

ueberreuter

Für Jule, Emma,
den großen und den kleinen Moritz

Inhaltsverzeichnis

Sterne hinter Stacheldraht machen Zufälle verdächtig

Mo

Fumpp!

»Au«, murmelte Mo. So langsam wie eine sehr, sehr müde Schildkröte öffnete er ein Auge. Boah, war das hell!

Auge schnell wieder zu.

Und dann:

Boff!

»Autsch!«

Mo rieb sich mit geschlossenen Augen die Stirn.

Als er allerdings – *puff!* – zum dritten Mal gegen die Scheibe donnerte, war es mit seinem Nickerchen endgültig vorbei.

»Was 'n los? Autobahn mit Schlaglöchern?«

Blinzelnd lugte er zwischen den Sitzen nach vorne.

»Nur eine etwas unebene Bergstraße«, erwiderte Antonio, sein Vater.

»Wir sin' schon da?« Mo tippte auf sein Handy, die Anzeige leuchtete auf. »Sind doch gerade mal 'ne Stunde unterwegs?«

»Wir legen einen kurzen Zwischenstopp ein«, erklärte ihm seine Mutter Loretta.

»Der steht gar nicht im Zeitplan!« Wieder tippte Mo auf seinem Handy herum. Genauer gesagt: auf der Tabelle, die ihm sein Vater geschickt hatte. Abfahrt, Pipi-Pausen und genaue Ankunft an der Berghütte. Alles mit Uhrzeit. In seinen dreizehn Lebensjahren hatte Mo gelernt, seinen Blasendruck den Vorgaben anzupassen.

»Überraschung!«, verkündete Antonio.

»Über… Hä? Was?«

Dieses Wort aus dem Mund seiner Eltern zu hören, war so wahrscheinlich wie ein Dromedar, das verkündete, es wolle Wellenreiten lernen. Oder wie ein Roboter, der auf Liebesschnulzen stand. Oder wie Weihnachten im Juli. Der Alltag seiner Familie fügte sich immer in eine ordentliche Tabelle.

»Wieso Zwischenstopp? Wo sind 'n wir?«

Das Auto tuckerte in holprigen Schleifen einen Berg hinauf. Und ziemlich sicher nicht den Berg, auf dem Mo ab morgen mit seinen Eltern wie jede Sommerferien den immer gleichen Wanderurlaub verbringen sollte.

»Ooch, ist einfach nett hier!«, sagte Loretta.

»Ein sehr willkommener Zufall, der uns hierherführt!«, fügte Antonio hinzu und kratzte sich seinen millimetergenau gestutzten Kinnbart.

Emma

Emma stieg über den Stacheldraht, vorbei am »Betreten verboten«-Schild. Sie folgte dem Trampelpfad durch die Brennnesseln und umrundete die dichten Sträucher. Dann ein Blick über die Schulter.

Keiner da. Niemand verirrte sich an diesen ungewöhnlichen Ort.

Von den drei rostigen Wohnwagen hier oben hatte sie sich den blauen ausgesucht. Blau mit silbernen Sternen. Verblasste, bröckelige Sterne, aber das fand Emma viel schöner, als wenn sie nigelnagelneu geleuchtet hätten. So hatten sie viel mehr zu erzählen.

»Zum Beispiel von damals, als der Wagen noch jung war und sich unsterblich in ein rostiges Fahrrad verliebte«, kicherte Emma, während sie die knarzende Tür aufschob. Das Geräusch machte ihr wohlig-vorfreudige Gänsehaut.

»Oder von der Reise durch die Südsee, als er mit einem urlaubsdampfergroßen Blauwal um die Wette geschnorchelt ist«, flüsterte sie und trat auf die erste Stufe der Schwelle.

»Oder die Geschichte, als im Wagen ein Zauberer wohnte, der wegen eines magischen Schluckaufs ein Riesenschlamassel veranstaltete«, murmelte sie bei der zweiten Stufe.

Dann stutzte sie.

Moment mal! Einer der Sterne war gar nicht mehr verblasst und bröckelig! Er sah aus wie eben erst darübergepinselt! Emma hielt die Luft an. War etwa jemand da gewesen? Oder sogar noch da drin? Vorsichtig lugte sie zur Tür hinein.

»Puh«, schnaubte sie erleichtert. Nichts und niemand! Alles sah genauso aus wie gestern. Und vorgestern. Und vorvorgestern.

»Seltsam.«

Vorsichtig berührte sie den leuchtenden Stern mit der Fingerspitze. Die Farbe war trocken. Frisch gestrichen war das nicht.

»Sehr, sehr, sehr seltsam!«

Oder hatte sie sich getäuscht und dieser eine Stern war schon immer schöner gewesen als die anderen?

Mit einem Schulterzucken trat Emma ein und zog die Tür hinter sich zu. Sie öffnete den Rucksack und legte ihre Bücher auf den holzwurmdurchlöcherten Tisch. Ein Krimi, ein Abenteuerroman, eine Fantasiegeschichte. Für jede Stimmung etwas.

Ehe sie sich für eins entscheiden und es sich damit auf dem herrlich muffig-zerschlissenen Sessel gemütlich machen konnte, klingelte ihr Handy.

Mama leuchtete auf dem Display auf, aber das hätte Emma auch so gewusst. Äußerst selten erschienen dort andere Buchstaben.

»Liebes!«, begann ihre Mutter in einem extrasanften Säuselton. Schlechtes-Gewissen-säuselsüß. »Alles klar? Was macht ihr denn gerade Schönes?«

»Wir packen unsere Sachen zusammen und radeln dann an den See.« Während Emma an einer Hand zwei Finger kreuzte, notierte sie in Gedanken: Bloß nicht vergessen: Badeanzug unter den Wasserhahn halten!

»Schön! Aber lass dir von Jenny den Rücken ordentlich eincremen. Und schwimmt nicht zu weit raus! Wenn kein Notfall dazwischenkommt, sind wir gegen fünf zu Hause, dann kochen wir was Leckeres!«

»Prima! Bis dann!«

»Bis dann, Liebes. Und grüß Jenny!«

13

»Klar doch!«

Sicherheitshalber überkreuzte Emma auch noch die Finger an der anderen Hand.

Jule

»Hörst du das auch?«, fragte Jule.

Tante Silvie schüttelte den Kopf. Ihr knallrot gefärbtes Knäuel Ringellocken wackelte mit. »Was denn?«

»Klingt, als ob ein Hubschrauber über uns hinwegfliegt. Oder ist das etwa der Motor? Auweia!« Jule setzte sich in ihrer Schlafkoje auf. »Herr Rost? Alles gut bei dir?«

Silvie sah ihre Nichte durch den Rückspiegel an. »Also, ich höre nichts.«

»Aber da ist es wieder«, beharrte Jule und lauschte. Bis sie sich mit der Hand gegen die Stirn schlug. »Jetzt weiß ich! Das ist mein Magen! Der knurrt wie ein Säbelzahntiger, weil ich seit gestern Abend nichts gegessen hab!«

»Hinten in der Kiste sind kiloweise gebrannte Mandeln. Popcorn gibt es auch noch. Und Geléebananen.«

Jule verschränkte die Arme. »Können wir nicht irgendwo stoppen und essen? Was Richtiges?«

»Zu teuer! Und wir sind spät dran. Viel zu spät.« Zur Bestätigung ließ Silvie Herrn Rosts Motor aufheulen. Aber viel schneller kam der Bus mit dem Anhänger hintendran trotzdem nicht den Berg hoch.

Seufzend wühlte Jule in ihrem Rucksack. Sie zog ein Stück altes Knäckebrot und einen runzeligen Apfel hervor. Da man angeblich schon vom Kauen satt wurde, knurpste sie jeden Bissen Knäcke etwa hundertmal. »Und was ist das jetzt gleich für ein Rummel?« Mit zusammengekniffenen Augen betrachtete sie die braunen Stellen am Apfel.

Ihre Tante sah auf einmal ganz sehnsüchtig aus. So, wie wenn Jule an eine riesige Portion Grünkohl-Sauerkraut-Eintopf dachte. »Ach, es ist ein zauberhafter Ort. Mit ein bisschen Magie, Geheimnissen und …«

»Magie, aber klar doch.« Jule runzelte die Stirn.

Silvie lachte laut und etwas schrill auf und bog scharf in einen schmalen Holperweg ein. »Das war natürlich nur ein Scherz. Aber ehe ich dir alles erkläre – wir sind gleich da!«

Der Berg, den es nun hinaufging, war so steil, dass es Jule fest an die Rückenlehne drückte. Herr Rost ächzte und stöhnte.

»Hoffentlich rutschen wir nicht gleich wieder rückwärts runter!« Jule drehte sich um. Immerhin hatte sich der Anhänger (bis unter die Decke voll mit Süßkram) noch nicht selbstständig gemacht, sondern zockelte nach wie vor brav hinter Herrn Rost her. Rauch war auch keiner zu sehen. Es wäre bei der Hitze nicht überraschend gewesen, wenn der alte Bus ins Dampfen geraten wäre.

Sie zog die Beine an den Bauch und musterte ihre Tante von der Seite. Was wollte die ausgerechnet auf diesem ollen Felshaufen?

Zwischen Felsenohren begegnen sich fremde Freunde

Emma legte ihr Buch beiseite und griff nach dem Handy. Komisch, keine SMS von Mama. Aber was hatte denn dann so gebrummt? Kam das etwa von draußen?

Sie schob die staubigen Vorhänge beiseite – und erstarrte. Ein Auto! Nur ein paar Meter entfernt! Und jetzt? Wie sollte sie unbemerkt rauskommen? Sie durfte sich nicht erwischen lassen. Auf keinen Fall! Wie war das? *Eltern haften für ihre Kinder?* Wenn ihre Eltern eine Strafe aufgebrummt bekamen, weil sie hier verbotenerweise herumstreunte, würde alles auffliegen!

Eine Autotür knallte und Emma zuckte zusammen. Dann

noch eine – und eine dritte. Ganz vorsichtig lugte sie zwischen den Vorhängen nach draußen.

Ein Mann und eine Frau standen vor dem grauen Kombi. Sie sahen genauso farblos aus wie das Auto. Der Mann im Anzug, die Frau trug ein Kostüm. Sie unterhielten sich, aber Emma konnte nicht verstehen, was sie redeten. Die Frau zupfte an ihrem Rock herum und der Mann fuhr sich ständig über den Bart. Sie wirkten beide nervös.

»Ach du …« Emma verkniff sich einen Schreckenslaut, als jemand direkt an ihrem Fenster vorbeiging. Ein Junge. Typ unsportlich, kinnlange Chaos-Frisur, Brille mit Rand und Blick suchend nach unten gerichtet. Dann war er auch schon aus der Bildfläche verschwunden. Es folgte ein leiser, dumpfer Schlag und der Junge fluchte. Als Nächstes erklang ein merkwürdiges Pochen. Erst kam es vom Rand des Wohnwagens – und plötzlich war es über ihr! Kletterte der etwa auf dem Dach herum?

Emma steckte eilig und sehr, sehr leise ihre Bücher ein und verzog sich mit dem Rucksack in den Schrank. Natürlich bekam sie in dem dunklen Loch sofort Staub in die Nase. Emma drückte sie mit den Fingern zu, um sich ein Niesen zu verkneifen.

Wenn sie den Jungen dort oben hören konnte, war das auch umgekehrt so!

18

Einatmen, ausatmen, ganz langsam, sagte sich Emma. Nur nicht niesen. Bitte nicht.

Und dann:

Düdeludeldüüü-düdelüdeldüüü!

Mama stand auf dem Display.

Schon wieder.

Emma drückte den Anruf schnell weg.

»Ich war auf dem Klo, ganz einfach. Da muss man nicht rangehen«, flüsterte sie.

Sie hielt die Luft an und machte die Augen zu. Obwohl sie natürlich lange nicht mehr daran glaubte, dass man unsichtbar wurde, wenn man selbst nichts mehr sah.

»Tataa!«, jubilierte Silvie, als Jule aus Herrn Rosts Bauch geklettert war.

Dabei machte sie mit ausgebreiteten Armen eine Drehung um sich selbst, als ob sie ihrer Nichte ein Überraschungspäckchen vom Umfang eines Südseedampfers präsentierte. Aber alles, was Jule sah, waren Unkraut, Geröll und ein paar wackelige, windschiefe, schmuddelige Wohnwagen. Dazu ein etwas pummeliger Junge, der auf einem davon herumturnte und fluchend einen Arm samt Handy in den Himmel reckte. Da musste Jule sogar ein bisschen grinsen. Gleich darauf wechselte sie wieder zu einem grabentiefen Stirnrunzeln. Nämlich, als Silvie rief: »Antonio! Loretta! Seid ihr das wirklich?«

Die exotischen Namen gehörten zu zwei völlig unauffälligen Leuten. Absolut grauen Mäusen. Silvie stürmte auf die beiden zu, dass ihr regenbogenfarben gepunktetes Sommerkleid nur so flatterte. Nacheinander drückte sie die Leute an sich – und die ließen das steif über sich ergehen.

»Süße, komm doch mal!«

Mit langsamen Schritten folgte Jule der Aufforderung. Sie fühlte sich gerade gar nicht süß. Eher magenteebitter. Wo hatte Silvie sie nur hinverschleppt? Das war der reinste Schrottplatz hier!

»Das ist Jule. Meine Nichte. Also, eigentlich kennt ihr sie, aber ist ja eine Weile …«

Loretta riss die Augen auf. »*Das* ist Jule? Mädchen, bist du groß geworden!« Sie pfiff in Richtung eines der Wohnwagen. Dem mit dem Jungen auf dem Dach. »Moritz! Kommst du?«

»Ich hab kein Netz. Nicht mal hier oben!«, rief dieser Moritz zurück. Er klang schwer verzweifelt. »Können wir dann bitte schnell weiterfahren?«

Loretta lächelte etwas angestrengt. »Mos Handy ist überlebenswichtig für ihn. Da drin stecken seine Freunde ... also, ihr wisst schon.«

Jule stellte sich vor, wie ein Haufen winziger Brillentypen in dem kleinen Handykasten nebeneinander kauerte. Sie musste schmunzeln.

Silvie schüttelte den Kopf. »Damals ging mir Moritz gerade mal bis zum Knie!«

Der Junge kletterte vom Dach herunter – wobei er mit seiner Hose an einem Nagel oder irgendwas hängen blieb und den letzten halben Meter unsanft auf seinen Hintern krachte.

»Zum Glück ist der hintenrum gut gepolstert!« Jule traf ein vorwurfsvoller Blick von Loretta. »Hallo? Stimmt doch! Ist ja wohl eine Tatsache, dass euer Sohn leichtes Übergewicht hat.«

Ehe seine Eltern dazu etwas sagen konnten (Mo hatte gar nicht hingehört), knackte es im Gebüsch. Die Erwachsenen folgten dem Geräusch mit forschenden und etwas kritischen Blicken, aber es war nichts zu erkennen.

Jule kniff die Augen zusammen. »Gibt es in dieser Einöde etwa auch noch wilde Tiere?«

Sie konnte ja schlecht wissen, dass ein paar Meter weiter ein zwölfjähriges Mädchen hockte, das sich gerade heimlich verdünnisierte.

»Hast du Empfang?« Mo starrte auf sein Handydisplay, sodass er von Jule nur im Augenwinkel die ausgelatschten Turnschuhe sah. Natürlich wusste er noch nicht, dass das zu den Schuhen gehörige Mädchen Jule hieß. Weil er nicht unhöflich sein wollte, blickte er schließlich doch hoch. Nun bemerkte er auch ihre Jeanslatzhose und wie sie sich etwas genervt in den Pony pustete.

»Keine Ahnung.«

»Aber dein Handy hat vorhin geklingelt!«

»Bestimmt nicht.«

»Schau doch mal nach! Bitte!« Mo nickte ihr aufmunternd zu.

»Geht nicht.«

»Wieso?«

»Mein Handy ist noch in der Fabrik. In seinen tausend Einzelteilen.«

Mo kratzte sich an der Nase. »Runtergefallen? Mist!«

»Nee.«

»Sondern …?«

»Noch nicht hergestellt! Ich brauch so ein Ding nicht. Ist doch total nervig, wenn man überall und ständig erreichbar ist.«

»Rein *theoretisch* überall erreichbar.« Mo schüttelte sein Telefon. »Praktisch is' gerade jeder Regenwurm besser vernetzt. Ach ja, Mo – 'tschuldigung.« Er streckte eine Hand aus.

»Gesundheit«, erwiderte Jule.

»Das ist sein Name!«, warf Antonio ein. »Eigentlich Moritz. Unser Sohnemann geht sehr sparsam mit Buchstaben um.«

»Ich hab ein E, ein U, ein J und ein L«, erwiderte Jule. »Hoffe, das ist noch im Rahmen.«

Mo war nicht der Typ, der sich von seltsamen Manieren beeindrucken ließ. Er war eher der Typ, der sich von gar nichts beeindrucken ließ. Allerhöchstens von einem Funkloch. So zuckte er bloß mit den Schultern und ließ seine Hand wieder sinken.

»Also, ich bin Silvie, Jules Tante!« Silvie quetschte sich dazwischen und entschädigte für Jules Muffellaune mit einem herzlichen Lächeln.

Mo grinste zurück. Angesichts der Farbenpracht musste er etwas blinzeln. Wenn sie ein Schmetterling wäre, gingen seine Eltern gerade mal als Kellerasseln durch. Deshalb sah er diese nun auch ziemlich fragend an. »Und woher kennt ihr euch?«

»Ehemalige Kollegen«, erwiderte Antonio.

»Alte Freunde«, sagte Silvie gleichzeitig.

»Ist wohl Ansichtssache«, murmelte Jule.

Mo sah seine Eltern noch verwirrter an.

»Und ihr trefft euch *zufällig* auf 'nem Unkrauthügel am Ende der Welt?«

»Wer redet denn hier von Zufall?«, wunderte sich Silvie.

Mo streckte den Zeigefinger aus und deutete auf seine Eltern.

»Äh na ja, also …«, begann Antonio.

»Ihr seid doch bestimmt hungrig! Wir haben die ganze Tasche voller Schnittchen!«, fiel Loretta ihm ins Wort. Nach einem kurzen Blick auf die entsprechende Tabelle wusste sie auch: »Noch vierzehn Stück. Sieben mit Käse, drei mit Marmelade und vier mit Linsenpaste.«

Einen Moment lang staunte Jule über diese Präzision. Dann winkte sie schnell ab, ehe Silvie ihr dazwischenkam. »Nein, kein Hunger.« Sie wollte auf keinen Fall auch nur eine Sekunde länger als nötig an diesem seltsamen Ort bleiben.

Allerdings antwortete ihr Magen zeitgleich. Mit einem eindringlichen *Rooooaaaahr!*

»Wenn der Körper Signale sendet, sollte man sie beachten!« Mit diesen Worten zog Loretta die Kühltasche aus dem Kofferraum.

Mit vollem Bauch hatte Jule gleich bessere Laune. Okay, dieser Pummel mit dem Handy-Tick war ziemlich schräg. Und seine Eltern auch. Aber die drei war sie ja bald wieder los. Schließlich würde Silvie Herrn Rost und sie bald zu einem richtigen Rummel fahren.

Nach dem Essen (vier Schnittchen: zweimal Käse, einmal Linsenpaste und zum Nachtisch Marmelade) schaute sie sich auf diesem seltsamen Hügel ein wenig genauer um. So entging sie nicht nur den langweiligen Erwachsenengesprächen, sondern auch Mo und seinem Handy.

»Aber nur bis zum oberen Plateau! Bleib von den Bergspitzen weg, das ist zu gefährlich!«, hatte Silvie gesagt. Als ob Jule groß Lust darauf hätte, Bergsteiger zu spielen.

»Falls hier einmal ein Jahrmarkt war«, murmelte sie, nachdem sie die drei verrosteten Wohnwagen inspiziert hatte, »ist das mindestens hundert Jahre her.«

Die Wagen standen etwa auf halber Höhe des Bergs auf einem Plateau. In ihrer Mitte war eine große Wiese. Der Weg wand sich in weiten Kringeln noch ein ganzes Stück nach oben, bis zur Spitze des Berges. Besser gesagt, den beiden Spitzen. Ein steiler Felsen an jeder Seite. Dazwischen war ein weiteres Plateau. Es sah aus, als hätte der Berg Ohren.

Jule schlenderte den Pfad entlang. Bis auf noch mehr Unkraut und wild wuchernde Büsche war hier nichts. Die Bergohren waren nach wie vor ein ganzes Stück entfernt – und Jule schon ziemlich außer Puste.

Sie entschied sich für eine Abkürzung. Zwischen den Kringelpfaden durch das Gestrüpp direkt nach oben.

»Klasse Idee«, schimpfte sie, als ihre Beine zerkratzt waren und die Stechmücken ein wildes Konzert um ihre Ohren summten. Aber umzukehren wäre auch doof gewesen. Sie wollte zumindest mal die Aussicht von da oben testen. Also kletterte sie weiter. Über Disteln, durch Dornen und überall war bröckeliges Gestein.

»Äh …?«

Wie konnte das denn jetzt sein?

Auf einmal war sie auf dem oberen Plateau angekommen! Eben waren die Bergspitzen doch noch ein ganzes Stück weiter weg gewesen!

Oder?

»Kann nicht sein, hab einfach nicht aufgepasst«, murmelte sie und ließ sich auf einem Geröllhaufen nieder. Sich mit der linken am Ohr und mit der rechten Hand am Hals kratzend, betrachtete sie den dörren, knochigen Baum, der zwischen den Bergspitzen thronte. Da, zwischen den kahlen Ästen, war etwas. Genauer gesagt, *jemand*.

»Lass mich raten, du hast noch immer keinen Empfang!«,

rief Jule. Mo würde vermutlich senkrecht an einer Hochhauswand hochklettern, nur wegen seines dämlichen Handys! Aber wie hatte er es bloß geschafft, schneller als sie hier oben zu sein?

»Hallo? Mo?«

Weil sie immer noch keine Antwort bekam, trat Jule näher und lugte in die Äste. Dort kauerte ein Mädchen. Camembertblass und schmal wie eine Bandnudel. Die großen Augen sahen so verängstigt aus wie die eines Rehs.

»Hi!«, piepste es.

»Hi«, erwiderte Jule. »Und, wie ist die Luft da oben so?«

»Äh … Na ja, auch nicht anders als unten.«

Jule seufzte. »Ach was. Eigentlich wollte ich wissen, was du da machst.«

»Ich … äh, ich …«

Düdeludeldüüüüüü!, bimmelte es da los.

Das Mädchen zog ein Handy aus der Tasche und drückte den Anruf weg.

»Nee!? Du hast Empfang?«

Wie aus dem Nichts stand Mo neben Jule. Und ehe die sich's versah, war er mit einer fast schon elfengleichen Leichtigkeit zu dem Mädchen auf den Baum geklettert. So weit es ging, reckte er sein Handy in die Luft. Dann aber ließ er seine Hand wieder sinken.

27

»Nix. Nullkommanix sogar«, stöhnte er. Er nickte dem Mädchen neben sich zu.

»Mo!«, sagte er.

»Wie bitte?«

»Er meint Muh«, kommentierte Jule von unten. »Er lernt gerade Kuh-isch!«

»Echt?«, piepste das Mädchen.

»Oh Mann …« Jule rollte mit den Augen.

Mo lächelte das Mädchen freundlich an. »Ist mein Name. Mo. Biste öfter hier?«

»Ich? Nein! Nie! Ist doch streng verboten! Also, ihr wisst schon, die Schilder und so. War nur … ein Versehen heute. Na ja, ich muss dann auch mal wieder.« Und schon hüpfte das Mädchen vom Baum.

»So eilig?«, wunderte sich Mo. Wenn es nicht gerade um sein Telefon ging, war Zeitlupe sein Lieblingstempo.

»Weil, weil … meine Freundin unten im Tal auf mich wartet. Sie hat eben angerufen.« Damit verschwand das Mädchen im Gestrüpp.

»Aber du bist doch nicht mal rangegangen?«, murmelte Mo ihr hinterher.

»Boah, nee. Nur Verrückte hier.« Jule machte lieber wieder kehrt. Sie musste Silvie so schnell wie möglich dazu kriegen, Herrn Rost Richtung Landstraße zu bewegen.

28

»Warte! Ich komm mit!«, erklang Mos Stimme hinter ihr.
Jule seufzte.

»Wir bleiben über Nacht?????« Hinter Jules Satz waren locker fünf Fragezeichen.

»Und wir auch?« Mo war genauso verwundert wie Jule. »Im Auto?«

»Das ist doch ein nettes Abenteuer!« Sein Vater klopfte ihm kumpelhaft auf die Schulter.

Mo zuckte zusammen.

»Abenteuer? Na ja, wenn ihr meint.« Es sah schwer danach aus, als ob seine sonst so superdurchgeplanten, ordnungs- und ruheliebenden Eltern eine Gehirnwäsche hinter sich hatten. Doch Mo war einfach nicht der Typ, der gerne herumdiskutierte.

»Aber warum?«, hakte Jule dafür nach.

»Wir haben uns so lange nicht gesehen, da gibt es einiges nachzuholen«, sagte Silvie.

»Aha«, erwiderte Jule trocken. Misstrauisch beobachtete sie, dass sich Silvie eine Locke fest um den Finger wickelte, bis ihre Fingerspitze ganz blass wurde. Ihre Tante verheimlichte ihr die wahren Gründe für den merkwürdigen Zwischenstopp. Aber auch Jule sparte es sich, länger darauf herumzureiten. Erstens war sie müde, zweitens war ihre Schlafkoje in Herrn Rosts Bauch gemütlich und drittens hatte Loretta eben noch eine große Schüssel Kartoffelsalat aus dem Kofferraum gezaubert. (Wunderbar essigsaurer Kartoffelsalat! Ohne Zucker, ohne Schokolade, ohne Karamell!)

Rätselhaftes Wiedersehen
im verstaubten Zauber

»Uaaaaahhhhuaaaaahuuuu!«, gähnte Mo. Dabei reckte und streckte er sich, bis seine Gelenke nur so knirschten. »Was für 'ne Nacht. Bin steif wie Tiefkühlpommes.«

Auch seine Eltern sahen ziemlich zerknittert aus. Silvie und Jule dagegen waren die reinsten Blümchen im Morgentau. Frisch und munter. Herr Rost war gemütlicher als ein Bett im 5-Sterne-Hotel.

Erst als es ans Frühstücken ging – an einem Klapptisch in der Morgensonne –, wurde Jule wieder muffelig. Der Reiseproviant aus dem Kombi-Kofferraum war aufgebraucht und Silvie packte ein paar Kisten aus.

»So viel Süßes? Zum Frühstück?« Mos Augen blitzten glückselig über Popcorn, gebrannte Mandeln und Co hinweg. Und obwohl sie ihren Sohnemann sonst Tag für Tag wie ein Kaninchen mit Grünzeug fütterten, griffen auch Antonio und Loretta zu.

Wie Kamele schoben sie das Essen in ihrem Mund hin und her. »Das schmeckt wie … wie eine andere Zeit«, murmelte Loretta.

»Mhhhhhh«, mummelte Antonio. »Musik für den Gaumen.«

Mo hätte seine Eltern garantiert kopfschüttelnd betrachtet, wenn er selbst nicht so angestrengt mit Mampfen beschäftigt gewesen wäre.

»Ich such mir lieber ein paar Blätter Löwenzahn und Gänseblümchen. Ich krieg schon vom Zuschauen Zahnweh!«

Jule bückte sich nach ihrem Salat. Aber Fehlanzeige. Zwischen all dem Gestrüpp war absolut nichts Essbares. Nur rissige Erde und kratzige Disteln. Und ein Schatten, der langsam immer größer wurde. Jule sah auf.

Eine Gestalt war am Hang des Wunschelbergs erschienen. Erst war nur der Kopf zu sehen. Der wippte auf und ab, mitsamt einem zerknautschtem schwarzen Zylinder. Dann kam ein Anzug zum Vorschein. Auch etwas zerknittert, soweit das aus der Ferne zu erkennen war. Und schließlich wurde klar, dass der Knautsch-Hut-Anzug auf einem Fahrrad saß. Das Fahrrad quietschte und wackelte. Der Anzuginhalt, ein etwas älterer Herr, ächzte und stöhnte.

»Das ist Gustav!« Antonio winkte dem Mann zu. Seine Finger waren schoko-karamell-puderzuckerverschmiert.

»Der *Magische* Gustav!«, fügte Silvie lächelnd hinzu.

»Aber sicher. Ein magischer Radl-Opi am magischen Schrottberg. Und mein zweiter Name ist Rotkäppchen«, nörgelte Jule.

»Und das ist natürlich auch ′n totaler Zufall, klar ne? Dass der hier auftaucht und ihr den auch noch kennt.« Hätte Mos Handy hier oben endlich mal funktioniert, wäre eine Suchanfrage dringend nötig gewesen: Was macht man mit Eltern, die tonnenweise Riesenquatsch quasseln?

Der (warum auch immer) Magische Gustav stieg taumelnd und schnaufend vom Rad, an dem ein kleiner Anhänger befestigt war. »Ist der Berg in all den Jahren noch steiler geworden? Na ja, zuzutrauen wäre es ihm. Oder er tut das nur, um sich zu …«

»Ähem!« Antonio räusperte sich und Gustav hielt inne.

»So schön, euch zu sehen!«, rief er. »Und ihr beiden

seid …?« Er machte große Augen. »Moritz! Jule! Einfach unglaublich!«

Die beiden warfen sich einen Blick zu. Sie hatten diesen Knilch noch nie gesehen.

Jule verschränkte die Arme. »Bevor mir jetzt nicht jemand verrät, was es mit dem geheimnisvollen Treffen auf diesem Unkrauthügel auf sich hat, sage ich gar nichts mehr!«

»Unkraut? Das sind doch herzlich hübsche Blümchen!« Gustav deutete Richtung Boden. Auf die Stelle, die eben noch mit Disteln übersät gewesen war. Jetzt blühten dort Gänseblümchen. »Zum Staunen, was, kleine Jule? Wie in den guten alten Zeiten.«

Tatsächlich sagte Jule jetzt erst mal nichts mehr. Wenn auch aus Verwunderung.

»Jule hat schon recht, wir sollten mit den Kindern reden«, begann Silvie. Loretta und Antonio sahen sich erschrocken an und der Magische Gustav hatte auf einmal schwer mit einem Fussel auf seiner Anzughose zu kämpfen.

»Also, Jule. Es ist so. Du weißt ja, ich fahre schon, seit ich ein Kind bin, mit dem Jahrmarkt durchs Land. Früher war deine Mutter noch dabei und …«

»Was haltet ihr von einer Prise Zauber?« Der Magische Gustav nahm seinen Knautschhut ab und machte eine Verbeugung. »Verehrtes Publikum. Noch ist das hier ein ganz normaler Hut. Aber in wenigen Sekunden werdet ihr verblüfft sein!« Er schloss die Augen. Nickte dreimal kurz hintereinander und machte ein schnalzendes Geräusch. Dann ließ er seine Handfläche über der Öffnung des Zylinders schweben, schüttelte ihn ein bisschen und rief: »Tataa!« Mit einer feierlichen Bewegung griff er in den Hut und zog etwas heraus.

»Wow! Eine tote Fliege! Ich bin beeindruckt!«, brummte Jule.

»Wenn Sie noch 'n bisschen üben, wird das«, tröstete ihn Mo.

Der Magische Gustav kratzte sich am Hut (obwohl er den gar nicht auf dem Kopf hatte). »Irgendetwas stimmt mit den magischen Schwingungen noch nicht.«

»Was 'n das?«, rief Mo. Er deutete auf den Fahrradanhänger. Da bewegte sich was.

»Na, ausgeschlafen, Kasimir?« Sichtlich froh über die Ablenkung zog der Magische Gustav eine Decke vom Anhänger und besagter Kasimir kam zum Vorschein. Gustav kraulte ihm die Ohren. Sein Haustier gähnte und schneeweiße, scharfe Zähne blitzten hervor.

»Ein Fuchs?« Jule fand ihre Sprache wieder. »Ist der etwa zahm?«

»Er ist mir seit Jahren ein treuer Gefährte«, erklärte Gustav. Der Fuchs sprang aus dem Anhänger und sauste davon. Nichts wie ab unter einen der alten Wohnwagen. Dem mit den silbernen Sternen.

Jule ging in die Hocke, lugte unter den Anhänger – und grinste: »Schau einer an. Sag bloß, du hast dich heute schon wieder *ganz aus Versehen* hierher verirrt?«

»Ich, äh, also …«

Das bandnudeldünne, camembertblasse Mädchen, von dem in diesem Moment noch keiner der Anwesenden wusste, dass es Emma hieß, knabberte ratlos an seiner Unterlippe.

»Nee, sie hat bestimmt eine Kontaktlinse verloren«, sagte Mo. Emma wollte schon protestieren, da merkte sie, dass Mo grinste. Nett grinste.

»He, was ist …?« Emma fuhr herum, so gut das unter dem Wohnwagen ging. Etwas hatte sie am Arm berührt. Der Fuchs! Ganz sachte beschnüffelte er sie.

Vorsichtig streckte sie die Hand nach seinem rot leuchtenden Fell aus. Hinter den Ohren, wo es ganz weich aussah. Kasimir lehnte den Kopf gegen Emmas Hand, zwinkerte träge und gähnte. »Nicht einschlafen«, flüsterte sie grinsend.

»Also, wenn du Appetit hast, junge Dame unter dem

Wohnwagen! Es ist genug für alle da.« Die bunt gekleide-
te Frau (Jules Tante Silvie, wie Emma bald genug erfahren
sollte) deutete auf den Süßkramberg vor sich auf dem Tisch
und erinnerte Emma daran, dass sie gerade beim Schnüffeln ertappt worden war. Wie peinlich!

»Ich … äh … Autsch!« Beim unter-dem-Wohnwagen-
Hervorkrabbeln stieß sie sich auch noch den Kopf an. Kasimir verschwand wie ein roter Blitz im Dickicht.

»Hinsetzen, zugreifen!«

Emma konnte sich gar nicht wehren – *schwupps,* saß sie
mit an dem ungewöhnlichen Frühstückstisch. Alles sah so
lecker aus, dass sie einfach zugreifen musste. Mordsmäßig
peinlich hin oder her. Beim Mampfen versuchte sie, die
Leute um sich herum möglichst unauffällig zu mustern –
was kein bisschen klappte.

»Mädchen, wie unhöflich von uns!«, stieß der etwas zer-
knautschte Zauberer hervor. »Wir haben uns noch nicht
mal vorgestellt!«

Emma flüsterte die vielen neuen Namen leise vor sich hin,
damit sie sich auch alle merkte: »Antonia, Loretta, Silvie,
Gustav …« Nun wusste sie also auch, dass dieses forsche
Mädchen Jule hieß. Aber wenigstens die anderen waren nett.
Eine nette, etwas durchgeknallte, bunt gemischte Truppe!

»Nachschub?«, fragte Silvie, als Emma schon so viel Zuckerzeug im Bauch hatte, wie sonst nur nach den Weihnachtsfeiertagen.

»Aber Zähneputzen nicht vergessen!«, warf Mos Mutter ein. »Am besten dreimal täglich. In kreisenden Bewegungen!«

»Klar doch.« Emma grinste und schob den Teller von sich. Fast in der gleichen Sekunde sprang ihr ein roter Blitz auf den Schoß und rollte sich zu einer zufrieden grunzenden Wurst zusammen.

»Ich sehe schon, der Beginn einer wunderbaren Freundschaft!« Gustav schmunzelte. »Du kannst ja auf Kasimir aufpassen. Solange schaue ich mal, was dieses wundersame Örtchen in all den Jahren …«

Ehe Gustav seinen Satz beenden konnte, erklang ein Rattern. Und ein Scheppern. Schwarzer Rauch zog am Horizont auf.

Kurz darauf war eine Art große, weiße Kugel zu sehen. Noch einen Moment später war klar, dass diese ein recht handlicher, schneeballförmiger und -farbiger Wohnwagen war. Der wiederum wurde von einem ratternden, scheppernden und schwarz rauchenden Kleinwagen gezogen.

»Madame Claire, Madame Claire!« Gustav lüpfte seinen Hut und eilte auf das Gespann zu. »Madame Claire, es ist mir eine unvergleichliche Freu-eu-euuuuude!«

Auch als er vor lauter unvergleichlicher Freu-eu-euuuuu-de über eine Wurzel stolperte und beinahe Nase voran im Unkraut landete, verlor der Magische Gustav sein strahlendes Lächeln nicht.

Der Wagen knatterte die letzten Meter über die Bergkuppe, verstummte und die Fahrertür öffnete sich. Eine gertenschlanke Frau stieg heraus – ach was, sie schwebte –, leichtfüßig und elfenhaft. Sie trug ein bodenlanges weißes Kleid. Ihre hellblonden Haare hatte sie zu einem geflochtenen Kranz rings um ihren Kopf hochgesteckt. Nicht nur Emma starrte die Dame gebannt an. Alle machten das. Selbst Kasimir. Sie strahlte etwas ganz Besonderes aus. Eine Helligkeit, eine Freundlichkeit – ein bisschen wie die gute Fee im Märchen.

Madame Claire machte einen sanften Knicks. »Es ist so zauberhaft, euch wiederzusehen!« Der Reihe nach begrüßte sie die ganze Runde.

»Moritz! Keine Sorge wegen dem kaputten Handy, eigentlich brauchst du das gar nicht!«

Mo runzelte die Stirn. »Kaputt? Hab doch bloß keinen Empfang.«

Dann ging Claire auf Emma zu. »Emma, ich hab mir gleich gedacht, dass du auch hier sein wirst!« Nun war Jule an der Reihe.

»Jule, ach Jule. Das mit deinen Eltern tut mir so sehr leid!«

»Äh, danke. Passt schon«, murmelte die.

Madame Claire zog allerdings ein Gesicht, als wäre sie tatsächlich schuld an der Sache. Was natürlich Quatsch war. Jules Eltern waren bei einem Unfall gestorben, als Jule noch ganz klein gewesen war. Jule vermisste ihre Eltern nicht mal richtig – sie erinnerte sich ja überhaupt nicht an sie. Als Madame Claire aber ganz sanft ihre Wange berührte – wie ein Federhauch –, bekam Jule beinahe ein schlechtes Gewissen. Diese völlig fremde Frau hatte so unendlich traurige Augen!

Nicht nur Jule fühlte sich in Madame Claires Gegenwart ein wenig merkwürdig. Weder Emma noch Mo hatten diese Frau jemals gesehen – und die tat gerade so, als ob sie sie schon ewig kannte!

Silvie lachte, als sie die drei verdutzten Gesichter sah. »Madame Claire weiß alles.«

Madame Claire wog den Kopf hin und her. »Fast. All das, was mir ehrliche und gute Geister vermitteln.«

»Du meinst, du hast ihr vorher alles gesteckt, Silvie«, erwiderte Jule. Wobei es schon komisch war, dass Claire sogar etwas über dieses wildfremde Mädchen wusste. Woher kannte sie ihren Namen?

»Es gibt für alles eine sehr, sehr vernünftige Erklärung!«,

warf Mos Vater energisch ein und zupfte sich an seiner grauen Krawatte.

»Nun, einigermaßen vernünftig«, murmelte Gustav.

Madame Claire spitzte gerade die Lippen, um ihm einen Begrüßungskuss auf die Wange zu hauchen, und Gustav hielt deshalb schon mal die Luft an. Da wandten sich erneut alle Blicke der Bergkuppe zu. (Der Kuss blieb ungeküsst und Gustav verzog halb erleichtert, halb enttäuscht das Gesicht.)

Ein Planwagen holperte den Weg hinauf. »Fräulein Ernas wunderbares Wunschrondell« stand in geschnörkelten Buchstaben auf der dämmerungshimmelblauen Plane. Aus der Fahrerkabine stieg eine ältere Dame in einem befederten und beblümten eleganten Hütchen und einem gepunkteten Rüschen-Kleid. Ihre Haut hatte so viele Falten wie zerknittertes Schokoladenpapier und ihre Lippen waren erdbeerrot geschminkt. Ehe Mo, Jule und Emma darüber grübeln konnten, was es wohl mit dieser schicken Dame und ihrem Wunschrondell auf sich hatte, bewegte sich schon das nächste Gefährt den Hügel hinauf.

»Und alles rein zufällig, logo.« Mo kratzte sich am Kopf. »Der Zufall wird langsam verdächtig.«

»Erna! Hallo, Franz!« Antonio winkte mit beiden Händen. »Das sind Fräulein Erna und Franz im Glück! Kinder, ihr werdet staunen. So eine Losbude habt ihr noch nie gesehen …« Antonio lockerte seinen Krawattenknoten. »Ähem …« Mit einem Seitenblick auf Mo zog er den Knoten wieder enger. »Ich meine, ihr kennt bestimmt Losbuden. Die sind ja nicht so selten.«

»So 'ne verstaubte Bude schon«, murmelte Jule. Obwohl sie zugeben musste, dass dieser Franz wirklich nett aussah mit seinen leichten Segelohren und dem altmodischen gelb-beige kariertem Anzug. Beim Aussteigen lächelte er so breit, dass seine Ohren wackelten.

»Ich kann es nicht glauben, ich kann es einfach nicht glauben!«, stieß er hervor.

»Dass ich das auf meine alten Tage noch erleben darf!«, fügte Fräulein Erna hinzu und rückte sich ihr Hütchen zurecht. Dabei saß das schnurgerade. Sie hatte es mit dünnen Haarnadeln an ihrem grauen Dutt befestigt.

»Sehr alte Tage«, flüsterte Silvie grinsend in Jules Ohr. »Sie muss mittlerweile fast hundert sein!«

Hände wurden gedrückt, Küsschen verteilt und verwundert Köpfe geschüttelt:

»Ist das lange her!«

»Du hast dich kein bisschen verändert!«

»Gut siehst du aus!«

Mo musterte all das mit zusammengekniffenen Augen. Von Küsschen zu Händedruck zu Umarmung wurden sie immer schmaler und schmaler, bis er seinen Vater am Anzugärmel zupfte. »Woher kennt 'n ihr die alle?«

»Langweilige Geschichte, erzählen wir bei Gelegenheit«, winkte Mos Vater schnell ab. *Zu* schnell.

»Meinst du nicht, Antonio, wir sollten …?«, versuchte Silvie einzuwerfen.

»Wisst ihr was? Ich krieg das auch so raus!«

Mit diesen Worten trat Mo an Emma heran. »Kann ich mir mal dein Handy leihen? Für 'n klitzekleines Momentchen!«

»Ja, aber nicht so lange telefonieren.«

»Is' kein Telefonat.«

Emma reichte Mo das Handy.

»He, das gleiche wie meins.« Sofort begann er, auf dem Display herumzuwischen.

Emma zupfte gespannt an einer Haarsträhne, Jule runzelte die Stirn und die Erwachsenen warfen sich verstohlene Blicke zu. Nicht verstohlen genug allerdings, denn Jule und Emma merkten es sofort. (Mo nicht, der glotzte ja auf das Handy.)

Ein Geheimnis lag in der Luft!

Für Emma roch es nach Erdbeerkuchen, selbst gemachter Zitronenlimonade und dem Staub von alten, vergessenen Dingen. Ein perfektes Sommerferienrettungs-Geheimnis.

Für Jule war es eher ein miefig-muffiges Schlauberger-Erwachsenen-Geheimnis.

»Ist in Ordnung«, seufzte Antonio plötzlich. »Ihr habt ein Recht, die Geschichte zu erfahren.«

Mit einem triumphierenden Grinsen gab Mo Emma das Handy zurück.

Wo Unkraut blüht, wuchern böse Träume

»Wir kennen uns von früher, weil wir hier zusammen ...« Antonio betrachtete einen unsichtbaren Fleck auf seiner Krawatte und Loretta kratzte sich mit ihrer Schuhspitze an der Strumpfhose. »Weil wir hier damals zusammen einen Rummelplatz betrieben haben.«

»Hääää?« Mo hätte seinen Eltern nicht mal einen Rummel-*Besuch* zugetraut. Oder dass sie ohne Naserümpfen ein einzelnes Popcorn-Korn auch nur anschauten. »Warum habt 'n ihr nix erzählt?«

Seine Mutter lächelte ihn zaghaft an. »Hat sich nie ergeben!«

»Hallo? Bin doch nicht doof! Ich will wissen, wieso wir hier sind! Dämliche Geheimnistuerei!« Ein wenig erschrocken über sich selbst machte Mo einen Schritt rückwärts. So sauer kannte er sich gar nicht. Weil er bisher keinen Grund zum Sauersein gehabt hatte, in seinem schnöden-öden Langweiler-Alltag.

»Wir haben uns so lange nicht gesehen. Es ist einfach eine Art Klassentreffen. Äh … nur ohne Schule. Und … äh … ohne Klasse«, meinte Antonio.

»Aber mit viel Hokuspokus!«, warf der Magische Gustav ein. Er schloss die Augen, legte die Hände aneinander, nickte einmal – und als er die Handflächen wieder öffnete, lag eine kleine, schrumpelige Erbse darin.

Gustav zuckte mit den Schultern und lächelte beschämt.

»Pfff«, schnaubte Mo. »Quatsch mit Soße!«

Er machte auf dem Absatz kehrt und verschwand um die nächste Ecke.

Emma hatte alldem schweigend, aber mit gespanntem Bauchkribbeln zugesehen. Nun piepste ihr Handy. »Ich muss … Meine Freundin …« Schnell verzog auch sie sich, hinter den Sternen-Wohnwagen.

»Alles gut, Mama. Ich hab nur das Telefon erst nicht ge-

46

hört, wir radeln gerade. Nein, nicht zum See. Einfach ein Ausflug. Auf so einen kleinen Berg. Klar, wir fahren vorsichtig. Ich dich auch, Mama. Bis dann.«

Emma legte auf und atmete durch. Ein bisschen erleichtert sogar. Streng genommen hatte sie gerade weniger gelogen als während der letzten Ferientage. Heute war sie nämlich wirklich ein *wir*. Emma und dieser durchgeknallte Jahrmarkt-Trupp. Das musste so toll gewesen sein damals!

Nachdenklich strich sie über den Wohnwagenlack. Wieder leuchteten ein paar Sterne mehr als gestern. Und wieder war die Farbe wüstensandtrocken! Sie ging ein Stück weiter und stoppte. Nicht, dass sie über den Stacheldraht … Äh? Da war kein Draht mehr! An seiner Stelle stand auf einmal ein kleiner Holzzaun! Jede Latte war in einer anderen Farbe gestrichen. Aber nicht leuchtend frisch, sondern verblasst und abgebröckelt, als ob die Latten hier schon unzählige Unwetterregen abbekommen hätten.

Emma schüttelte verwundert den Kopf. Sie blickte zum Rand des Hügels – und ahnte schon, was sie dort sehen würde. Auch das verrostete »Betreten verboten«-Schild war weg! An seiner Stelle stand eine Tafel aus Holz. In altmodisch-geschnörkelten Buchstaben war etwas darauf geschrieben:

Wunschelberg. Willkommen in deinen Träumen!

»Wunschelberg.« Emma ließ den Namen wie eine Nougat-praline auf der Zunge zergehen.

Er hätte der Titel ihres neuen Lieblingsbuchs sein kön-nen.

Aber diesmal war das Abenteuer echt.

So gemütlich es in Herrn Rosts Bauch war, Jule konnte nicht schlafen. Wie auch, mit einem unruhigen, ein biss-chen wütenden, krabbeligen Gefühl im Bauch.

Genau wie Mos Eltern hatte Silvie einfach nicht mit der Sprache herausgerückt, was sie auf diesem Unkrauthügel suchten, und darauf bestanden, noch eine Nacht zu bleiben. Jule aber wollte endlich weiter. Es nervte, dass Silvie sie auf einmal wie ein Kindergartenwickelkind behandelte und sie keinen Piep mitreden durfte. So war ihre Tante doch sonst nicht! Jule hatte jedenfalls keine Lust, mehr Zeit als nö-tig unter einem Haufen Bekloppter zu verbringen! Musste man sich nur mal Mos Eltern angucken, die mitzählten, wie oft sie jeden Bissen kauten. Oder diese knittrige Erna, mit ihrem noch älteren »Wunschrondell« – das einfach ein ur-zeithöhlenaltes, wackeliges Karussell war! Danke nein, da hatte Jule wirklich keine Runde drauf drehen wollen. Die ollen Holzreittiere wären doch garantiert unter ihrem Po zerbröselt! Und dann dieser Franz. Unbedingt wollte er ihr ein Los andrehen, dabei war der Kram, den man gewinnen konnte, reif für den Sperrmüll!

Jule wickelte sich fest in ihre Decke und drehte sich ungefähr zum 231. Mal auf die andere Seite. Aber nach wie vor war sie vom Schlafen so weit entfernt wie der Nordpol vom Südpol.

»Was ist das denn?«, murmelte sie.

Ein Lichtschein fiel herein. Rot, Grün und Blau. Sie strampelte sich aus der Decke und schlich ans Fenster. Die Farben blitzten flimmernd am sternenklaren Nachthimmel. Darüber hing der Mond, dem nur noch eine Ecke fehlte, bis er rund wie eine Untertasse war. War das ein Feuerwerk? Aber sie hörte gar nichts. Absolute Stille.

Hm, vielleicht war es einfach zu weit weg. Aber dieses Gefühl … Da war ein Kribbeln. Sie spürte es in den Fingerspitzen, am Bauch und auf dem Kopf. Sie bekam Gänsehaut. Unter ihren nackten Sohlen fühlte es sich an, als ob der Boden sachte vibrierte. Wie eine Waschmaschine im Schonwaschgang. Und dann war da noch dieses seltsame Geräusch. Ein leises Summen und Brummen. Als wäre irgendwo ein riesiger Bienenschwarm. Aber Bienen summten nicht mitten in der Nacht!

Ein Schrei ließ Jule zusammenfahren.

»Silvie!« Im engen Herrn Rost war sie mit einem Satz bei ihrer Tante. Sie knipste das Nachttischlicht an und schaute in Silvies geisterbleiches Gesicht. Schweiß perlte auf ihrer Stirn und sie stöhnte.

»Silvie, was ist los?« Jule nahm ihre Hand – sie war eiskalt.

Sollte sie einen Arzt rufen? Aber wie, ohne Handyempfang? Und bis sie runter ins Tal gelaufen war …

Auf einmal riss Silvie die Augen auf. Sie starrte Jule an. Nein! Sie starrte einfach durch sie hindurch.

»Silvie? Bitte, hör auf mit dem Mist!« Jule zuckte zusammen, als die Tante ihre Hand so sehr drückte, dass es wehtat.

»Kommt runter«, flüsterte Tante Silvie. »Kommt doch bitte herunter!«

»Silvie? Was redest du da?«

Aber sie starrte weiter an Jule vorbei, als ob sie unsichtbar wäre. Da kapierte Jule, dass Silvie träumte. Sie redete im Schlaf, mit offenen Augen.

Es war doppelt gruselig, weil Jule ihre Tante eigentlich nur gut gelaunt kannte. In diesem Moment aber lag in ihren Augen ein dunkler, schwerer Schmerz.

»Es tut mir so leid!«, flüsterte sie.

Und dann, ganz plötzlich, sank sie in ihr Kissen zurück. Sie schloss die Augen und atmete tief und regelmäßig. Jule blieb noch einen Moment stehen und streichelte Silvies Hand. Schließlich ging sie zurück ans Fenster.

Bis auf die Sterne war alles dunkel. Das Geräusch war auch weg.

Alles nur ein Traum. Was sonst.

In dunklen Spiegeln
leuchtet ein Lächeln

Zum ersten Mal war Emma froh, dass ihre Eltern in aller Frühe auf die Arbeit mussten. Sie schlang ihr Frühstück im Stehen herunter – und dann auf ins Abenteuer!

Den Regenbogen sah sie sofort. Er schwebte über dem Wunschelberg, zwischen den Felsenohren, als wollte er ihn behüten. Oder allen zeigen, was für ein besonderer Ort das war. Wann hatte es denn geregnet? Während ihrer turboschnellen Katzenwäsche? Inzwischen war jedenfalls nicht eine Wolke mehr am blauen Sommerferienhimmel.

Obwohl es so früh war, herrschte am Wunschelberg schon reges Treiben. Mit einem Staubwedel weckte der

Magische Gustav seine Zauberutensilien aus dem Winterschlaf: Hüte, Karten, Bälle … Fräulein Erna kniete – als wären ihre Knochen zwanzig Jahre jünger als sie – vor einem abgeschraubten Holzelefanten und besserte den Lack aus. Eine Bude weiter sortierte Franz im Glück seine Losbudengewinne neu. Auch Silvie hatte einen Pinsel in der Hand und verpasste dem Süßigkeiten-Anhänger, fröhlich vor sich hin pfeifend, einen neuen Anstrich. Tomatenrot, Zitronengelb, Gurkengrün.

Vielleicht hat sie ja auch die Wohnwagen aufgepeppt, schoss es Emma durch den Kopf. Oder waren Emma die leuchtenden Sterne aufgefallen, *bevor* Silvie mit Herrn Rost angekommen war?

»Super, dich brauch ich!«

Emma bemerkte Mo erst, als sie fast über ihn gestolpert wäre. Im Schneidersitz saß er mitten auf der Wiese – wie immer sein Handy in der Hand.

»Kann ich vielleicht nochma' dein Telefon haben?«

Emma wühlte in ihrer Tasche danach – und wühlte und wühlte. »Mist! Vergessen!« Aber eigentlich fand sie das gar nicht schlimm. Im Gegenteil. So musste sie heute wenigstens mal nicht die Anrufe ihrer Mutter abwimmeln!

»Och, hätte so gerne mal im Internet geschmökert! Oder meine Freunde gefragt, was die dazu sagen. Komisch ist das ja schon!« Mit einem Nicken und auch etwas grimmig deutete Mo zu seinen Eltern. Die waren mit rosa Gummi-handschuhen, Stahlbürste und Schrubber an einem der al-ten Wagen zugange – im Anzug und grauen Kostüm. »Die und ein Rummel! Is' wie Saure Gurken mit Erdbeereis.« Er zuckte mit den Schultern und warf Emma einen fragenden Blick zu. »Was machst 'n hier?«

Emma wurde rot. »Ich … äh … Eigentlich wollte ich zu meiner Freundin. Aber die besucht heute ihre Oma. Und dann dachte ich, also …« Emma zögerte. Die Wahrheit wäre gewesen, dass sie das Gefühl hatte, dass hier oben eine ihrer Lieblingsgeschichten wahr wurde. Aber so ein Technik-Handy-Freak wie dieser Mo wäre da nur vor Lachen umge-kippt. »Bin eh zufällig vorbeigekommen«, winkte sie ab.

»Zufällig auf 'n Berg gehüpft. Schon klar.«

»Guck mal!« Emma wechselte lieber schleunigst das Thema und deutete zum Himmel. »Hat heute doch gar nicht geregnet, oder?«

»Regenbogen ohne Regen?« Sofort tastete Mo nach sei-nem Handy – und verzog das Gesicht, als ob er Zahnweh hätte. »Muss ich recherchieren, wenn ich endlich Empfang hab. Hab 'n Kumpel, der sich total mit so was auskennt.« Dann packte Mo sein Handy trotzdem wieder aus und hyp-notisierte es mit seinem Blick.

Super, dachte Emma. Ich bin sogar langweiliger als ein kaputtes Telefon.

»Was machst du denn da die ganze Zeit?« Sie nickte Richtung Handy.

»Tests. Für 'n Empfang. Meine Freunde wundern sich bestimmt schon, wo ich steck.«

»Chatfreunde?«, fragte Emma. »Oder echte?«

»Echte Chatfreunde. Mit denen kann ich über alles reden. Und wenn ich mal 'ne Frage hab – einer weiß garantiert 'ne Antwort.«

»Also kennst du die auch richtig?«, fragte Emma. »Weil echte Freunde …«

»Klar! Wir planen ein Treffen. Total riesig. Das wird cool!« Mo rappelte sich vom Boden auf. »Ich schau mich hier mal 'n bisschen um, okeee?«

Genau das hätte Emma auch liebend gerne gemacht. Leider fragte Mo nicht, ob sie mitkommen wollte. Aber dass keiner freiwillig mit ihr Zeit verbrachte, wusste sie ja schon.

»Klar. Okay.« Emma vergrub ihre Hände in den Hosentaschen.

Schade, dachte Mo, als er um die nächste Ecke schlurfte. Er hatte gehofft, dass Emma mitkam. Vielleicht hatte die 'ne

Ahnung, was die Erwachsenen hier vorhatten. Als neutraler Beobachter. Na ja, und ganz nett war sie ja auch. Aber wieso sollte sie auch freiwillig mit ihm rumhängen? Keiner machte das. Wusste er eh schon.

Bevor er sich entschieden hatte, welche Bude er als Erstes inspizieren sollte, knallte es. Alle Wunschelberger zuckten zusammen. Jule, die bis eben geschlafen hatte, stolperte, zerknittert und erschrocken, aus Herrn Rosts Bauch.

»War das ein Schuss?«

»Fehlzündung.« Mo deutete auf den nachtschwarzen Kastenwagen, der den Wunschelberg hinaufknatterte.

Silvie legte den Pinsel beiseite. »Der also auch«, flüsterte sie.

»Der also *was*?«, fragte Jule.

Aber Silvie antwortete nicht. Sie starrte die dunkle Gestalt an, die aus der Fahrerkabine kletterte.

Meister Sinister sah aus, wie man sich den übelsten Bösewicht in einem richtig düsteren Abenteuerroman vorstellte – fand jedenfalls Emma. Für Mo war er der fieseste Endgegner in einem Computerspiel. Einer, der sämtliche Tricks auf Lager hatte. Man hatte besser alle Extraleben und Bonuspunkte beisammen, bevor man ihm über den Weg lief.

Und Jule sah einen, der sich als der Tod persönlich kostümiert hatte. Um die kleinen Kinder aus der Nachbarschaft das Gruseln zu lehren. Fehlte nur noch die Sense!

Er trug einen bodenlangen Frack, darunter einen schwarzen Anzug. Die dunklen Haare waren nach hinten gegelt. Seine Haut schimmerte weiß wie Papier und war so dünn, dass man zarte, blaue Adern sah. Und diese Augen! Grünleuchtend. Richtige Schlangenaugen.

»Schau an, die Protagonisten haben sich eingefunden«, stieß Meister Sinister hervor. Seine Stimme klang wie tiefgekühlt. Kalt und steif. »Dann wird die Vorstellung bald beginnen!« Er ging um seinen Lieferwagen herum, zog an einer Schnur und die Abdeckung faltete sich wie eine Jalousie ordentlich nach oben zusammen.

Mo und Emma lugten auf die Ladefläche, wo unzählige in Decken eingewickelte Pakete lagen. Meister Sinister kletterte hinauf. Zwei Pakete hob er vorsichtig herunter. Er wickelte sie aus und lehnte sie an den Lastwagen.

»Donnerwetter noch mal!« Mo stolperte einen Schritt rückwärts. Er hatte in einen Spiegel geschaut. Ein Zerrspiegel, in dem sein Gesicht zu einer grässlichen Fratze wurde. Emmas Blick fiel auf den anderen. Er machte sie klein und unheimlich breit. Aber lachen konnte sie darüber nicht. In Gegenwart dieses scheußlichen Kerls konnte man nicht lachen. Auch die Erwachsenen machten alle ernste Gesichter.

»Tja, Sinister, dann müssen wir wohl wieder miteinander auskommen!« Antonio trat als Erster auf ihn zu und reichte ihm die Hand. Meister Sinister ignorierte sie.

»Auf die guten alten Zeiten. Die Vergangenheit fordert ihren Tribut«, erwiderte er.

Auch wenn Emma, Mo und Jule keine Ahnung hatten, was dieser düstere Kerl damit sagen wollte – alle dachten in dem Moment das Gleiche: Seine Worte hörten sich wie eine Drohung an.

Als Sinister seine Bude aufgebaut hatte, blieb Mo davor stehen. Es war ein sechseckiges Zelt und die ganze Außenwand voller Spiegel. Große und kleine. Mit Rahmen und ohne. Mit Rissen und blinden Stellen. Manche schimmerten wie blank poliert, andere waren grau und staubig. Wenn Mo die Hand hob, hoben tausend Spiegel-Mos ebenfalls die Hand. Wenn er die Zähne bleckte, machten es die anderen Mos genauso. Manche Spiegel waren ganz besonders. Mo zog eine Grimasse. Dicke Lippen, Riesenaugen. Das sah so schon abschreckend aus. Aber erst in diesem Zerrspiegel! Monsterhaft abgefahren!

»Pass auf, dass du nicht mehr erkennst, als du siehst!«
Meister Sinister trat aus dem schwarzen Vorhang. Er funkelte Mo mit seinen Schlangenaugen an. »Manch Anblick ist zu viel für solche Gören.«

»Is' doch 'n Rummelplatz. Rummelplätze sind für Gör…, Quatsch, für Kinder!«

»*Rummelplatz!*« Sinister spuckte das Wort aus wie eine faule Erbse. »Dieser Ort hier …« Sinister breitete seine spinnenhaft-dürren Arme aus. »… verlangt euren Respekt!«

Mo musste sich sehr, sehr zusammenreißen, um nicht zu grinsen. Was für 'n Typ!

»Sichersicher!« Mo schnippte sich an die Stirn, so als ob die eine Hutkrempe wäre.

»Verschwinde! Banause!« Sinister fuchtelte mit seinen Armen. Es sah aus wie Fliegen-Verscheuchen.

Mit einem Schulterzucken wollte Mo weiter, da fiel sein Blick noch einmal in den Spiegel. Er taumelte rückwärts. Ein dunkles Gesicht schaute ihm entgegen! Erst im nächsten Moment erkannte er, dass er es selbst war – mit einer schwarzen Maske. Mo machte lieber schnell die Biege. »Is' bestimmt mit 'nem Computer verbunden, was sonst«, murmelte er, als er fast Jule in die Arme rannte.

»Pass doch auf!«

»War keine Absicht!«

»Glaub ich dir sofort. Du schläfst mit offenen Augen!«

Mo zwinkerte, damit er das komische Bild von eben nicht mehr sehen musste, und musterte Jule. Er wusste bei ihr nie, ob sie mit ihren Sprüchen sticheln oder nur lustig sein wollte.

Jule deutete mit einem Nicken Richtung Spiegelkabinett. »Irgendwie sind hier alle verrückt – aber der ganz besonders … Bin ich froh, wenn wir heute endlich weiterreisen.«

»Hm …«, sagte Mo. »Mir is' egal, wo ich bin. Wenn ich online bin, bin ich ja irgendwie überall.« Er wollte gerade demonstrativ auf sein Handy deuten, da piepste es.

»Hey! Ich werde irre!« Mo machte ein paar Luftsprünge. Also, bei Mo waren das eher kleine Hopserchen. »Ich hab Netz! Turboschnelle Datengeschwindigkeit!«

Sofort tippte er in die Tastatur: *Rummelplatz. Wunschelberg.*

Kopfschüttelnd starrte er auf das Display. »Da kommt nix. Absolut nullkommagarnix. Als ob jemand alles darüber gelöscht hat!«

»Hat eben keiner Lust gehabt, was über so 'nen Schnarchhügel zu schreiben!«, erwiderte Jule.

Dann wendete sie ihren Blick zur Bergkuppe. »Noch ein Neuankömmling. Hier geht's ja zu wie auf 'm Rummel.« Sie musste blinzeln, weil es auf einmal so hell wurde. Richtig grell, dass es in den Augen wehtat.

60

Emma, die etwas abseits stand, legte die Hand an die Stirn, kniff die Augen zusammen und starrte wortlos den verrückten Wagen an, der eben den Berg heraufrollte. Oder war das ein Raumschiff auf Rädern?

Der Wagen war aus silberblitzendem Metall. Auch auf dem flachen Dach funkelte und blinkte es. Antennen, Satellitenschüsseln und kleine Spiegel, die das Sonnenlicht einfingen und wieder ausspuckten. Ein Mann stieg aus. Oder ein Junge? Irgendetwas dazwischen.

Er war vielleicht Anfang zwanzig. Seine Haare sahen so zerwühlt aus, als ob er gerade erst aus dem Bett gekrochen wäre. Sein viel zu großer Mantel glänzte silbrig, wie Lametta. Die Hände steckten verloren in den weiten Ärmeln. Als er einen Arm hob, blitzte ein silberner Armreif hervor. Der Mann lächelte. Es war ein Lächeln, das man einfach erwidern musste. Fröhlich, freundlich und wohlwollend. Aber auch etwas frech. So, als ob er gleich einen Witz erzählen würde und sich jetzt schon auf die Pointe freute.

Mo, Emma und Jule mussten sofort mitgrinsen.

»Bin ich hier richtig zur großen Wiedereröffnung des wunderbarsten Jahrmarkts aller Zeiten?«

Antonio trat als Erster auf den Knilch zu.

»Äh, nicht ganz. Also, das hier war ein Jahrmarkt, vor langer, langer Zeit. Aber …« Er stockte und Silvie ergriff das Wort:

»Wir treffen uns hier einfach nur für eine Woche. Ganz unverbindlich. Der guten alten Zeiten wegen …«

Jule starrte ihre Tante an. »Äh …? Was? *Eine Woche!* Ich dachte, wir fahren heute weiter!«

»Julchen, ich … Wir Erwachsenen haben das vorhin besprochen. Du hast doch auch schon Freunde gefunden …« Bei den Worten lächelte sie Mo und Emma zu. »Ist doch klasse hier, oder?«

»Ich brauche keine Freunde! Und Herr Rost auch nicht!«

Emma zuckte zusammen. Mo hatte nur Augen für diesen verrückten Wagenaufbau.

»Ähem …«, räusperte sich nun der blitzende und blinkende Neuankömmling. »Ich verstehe nicht ganz. Wenn Sie doch schon so lange bleiben, steht einer Wiedereröffnung rein gar nichts im Weg! Ich bin mir sicher, die Leute aus der Gegend würden in Scharen kommen. Wenn sich das erst herumgesprochen hat, dass der Zauber hier oben weitergeht!«

»Nein!«, erwiderte Antonio. Seine Stimme war scharf wie ein Messer. Beschwichtigend hob er die Hände. »Verzeihung, aber da müssen wir Sie enttäuschen. Dieser Rummel hat seine Lichter vor vielen Jahren zum allerletzten Mal gelöscht!«

Mo sah seinen Vater schief an. Was war denn mit dem los?

»Schade! Fürchterlich schade! Aber wie unhöflich ich doch bin, ich habe mich ja noch gar nicht vorgestellt!« Der Silberpapier-Kerl machte eine Verbeugung. »Mein Name ist Konfusio. Der Mittelgroße Konfusio, um genau zu sein. Und es ist mir eine Ehre, euch alle kennenzulernen.«

Nacheinander begrüßte er die Truppe. Immer hatte er sein schelmisches Lächeln parat. Selbst als er Sinister die Hand schüttelte, verging es ihm nicht.

»Was 'n das alles?«, fragte Mo und trat an Konfusios Wagen heran.

»Moritz, nicht so neugierig!«, mahnte seine Mutter.

»Aber sehr wohl! Man muss neugierig sein!« Der Mittelgroße Konfusio zwinkerte Mo zu. »Das ist meine größte Erfindung. Noch nicht ganz ausgereift. Ich kann euch jetzt nicht viel darüber verraten, aber wenn ihr mich fragt: Geheimnisse sind etwas Wunderbares. Ihr könnt miträtseln und beobachten und das Kribbeln genießen. Und bald, ganz bald werdet ihr alles verstehen!«

»Pass auf Kasimir auf!«, erklang in dem Moment eine Stimme an Emmas Ohr. Madame Claires sanfte Säuselstimme.

Ehe der Satz ganz verklungen war, knurrte der Fuchs und wurde ganz steif.

»Den magst du nicht?« Emma kraulte ihn beruhigend. »Oder stört dich das Gefunkel?«

Konfusio wandte sich währenddessen den Erwachsenen zu: »Auch wenn euer wunderbarer Ort dem Publikum vorenthalten bleiben soll – hättet ihr für mich vielleicht ein Plätzchen übrig?«

Mo, Emma und Jule warfen sich einen vorfreudigen Blick zu. Mit diesem schrägen Typen würde es bestimmt nicht langweilig werden.

Geheimnisse wiegen schwer, wo Steinen Flügel wachsen

Emma wusste am nächsten Morgen nicht, ob der Picknickkorb so schwer war oder ihr schlechtes Gewissen so viel
wog. Emmas Mutter hatte ihr einen Berg voller Leckereien
gepackt. Für sie und Jenny. Ihre beste Freundin Jenny. *Warum sie sie denn nicht mal mit nach Hause brachte?*, hatte Mama
gefragt. *Sie könnte auch gerne über Nacht bleiben. Pyjamaparty,
das wär doch was.* Sie sollte Mama einfach erzählen, dass sie
mit Jenny gestritten und jetzt neue Freunde hatte. Die hie-
ßen Jule und Moritz und … Stopp. Das wäre ja schon wieder
eine Lüge. *Freunde.* Die beiden fanden sie doch total doof.
Und langweilig!

Emma war erst am Fuße des Wunschelbergs angekommen, als sie den beiden geradewegs in die Arme rannte. Oder besser, in die Beine. Denn Jule und Mo saßen auf einem Baumstamm und starrten ziemlich betreten vor sich hin.

»Was macht ihr denn hier?«

»Könnten wir genauso fragen«, erwiderte Jule. Diesmal klang sie nicht patzig. Die Chance, dass Jule mal nicht muffelte, musste Emma sofort nutzen!

»Darf ich?«

Mo nickte und rutschte ein Stück, damit Emma mit auf den Baumstamm passte.

»Ist das was zu essen?« Er deutete auf Emmas Korb. »Hab so 'n Kohldampf. Jahrelang jeden Tag um viertel nach sieben Frühstück. Auch Sonn- und feiertags. Und plötzlich schlafen meine Eltern bis in die Puppen! Und ich darf Süßkram essen. Bergeweise! War früher strengstens verboten!« Für den sonst so maulfaulen Mo war das ein richtiger Buchstaben-Wasserfall gewesen.

Emma verkniff sich ein Grinsen.

»Greift zu, ist Süßes und Deftiges dabei. Jule, du auch?«

Erst zuckte die mit den Schultern, aber dann nahm sie sich einen Apfel. Sie knabberte daran herum wie ein Kaninchen.

»Ich versteh das nicht«, murmelte sie. »Silvie hat sonst immer über alles mit mir geredet. Plötzlich werd ich nicht mal mehr gefragt, ob ich an diesem seltsamen Ort bleiben möchte. Und was macht sie hier überhaupt? Wenn sie den Rummel doch eh nicht wiedereröffnen wollen!«

»Die verheimlichen uns was«, murrte Mo.

Nachdenklich pulte Emma das Silberpapier von einem Schokoriegel. »Dann müssen wir eben rausfinden, was dahintersteckt! Überhaupt, hier stimmt doch einiges nicht! Ein Regenbogen ohne Regen, Wohnwagen, die von selbst bunt werden, Stacheldraht, der sich in einen Bretterzaun verwandelt ... Äh, ich meine ...«

Emma stockte, als sie merkte, wie Jule sie anstarrte.

»Kann es sein, dass du zu viel Fernsehen schaust?«

»Aber es stimmt. Du musst nur mal genau hinsehen. Der Wunschelberg verwandelt sich! Da zum Beispiel, der Baum! Der blüht!«

»Und, darf er das nicht?« Jules Stirnrunzeln zeigten Emma deutlich, was sie von der Geschichte hielt.

»Es ist Hochsommer! Und gestern war der Baum doch noch total kahl. Ihr wisst schon, wie der da oben auf dem Plateau, wo ihr mich beim ...«

»... Schnüffeln erwischt habt«, vollendete Jule grinsend Emmas Satz.

»Umsehen schadet jedenfalls nix«, meinte Mo mit Blick auf den Baum.

Da konnte auch Jule nicht widersprechen.

»Wo ist deine Freundin heute?«, fragte sie Emma, als die drei den Schlängelpfad hinaufstiegen.

»Ach, die ist total eingespannt. Muss ständig ihre Tante besuchen.« Emma winkte ab.

Mo warf ihr einen Blick zu. »War's nicht die Oma?«

»Klar! Die Oma! Aber … die wohnt bei Jennys Tante.«

»Wie sieht sie denn aus? Hast du ein Foto von ihr?«

Emma stutzte. Wie kam Jule denn jetzt darauf?

»Nee, kein Foto. Aber sie hat rotblonde Locken und blaue Augen. Richtig himmelblau. Auf der Nase hat sie ein paar Sommersprossen und sie … sie wirkt immer total elegant. Sie macht nämlich Ballett.« Emma war sehr froh, als die drei inmitten der bunten Buden standen und das Thema erst mal abgehakt war.

»He, da seid ihr ja!«, rief Silvie, die gerade Tische und Bänke vor ihrem rot-grün-gelben Süßigkeitenwagen aufbaute. Extraherzlich strahlte sie Jule an – und die guckte gleich wieder extrabissig.

»Wozu denn Sitzplätze?«, wollte Jule wissen. »Ich dachte, ihr wollt keine Besucher haben? Und wenn wir weiterfahren, schnallst du alles auf Herrn Rosts Dach, oder wie?«

»Ach, wo ich schon mal etwas Ruhe habe. Die Möbel hab ich in einem wackeligen Schuppen gefunden. Fantastisch, oder?«

Lachend ließ Silvie sich in einen Sessel fallen. Eine Staubwolke stieg auf und hüllte sie ein. Erst nach ein paar Sekunden kam Jules Tante wieder dahinter zum Vorschein. Niesend und schnaubend.

Jule grummelte in sich hinein. Bis vor ein paar Tagen war sie sich sicher gewesen, dass Silvie immer hundert Prozent ehrlich zu ihr war. Jetzt war das anders. Auch was Silvies Albtraum anging. Sie behauptete steif und fest, sich an nichts zu erinnern. Aber Jule war doch nicht doof. Silvie verheimlichte ihr etwas!

Mit Karacho plumpste Mo auf ein matschbraunes Sofa. Auch er bekam einen Hustenanfall und Jule hatte ziemlich Mühe, weiter ernst zu gucken.

»Na ja, wir drehen mal eine Runde!« Mit den Worten wendete sie sich schnell von Silvie weg. Die sollte bloß nicht auf die Idee kommen, dass sie es gut hier fand, mit Emma und Mo. Jule interessierte sich nicht für Freunde. Wenn man keine hatte, konnte man sich mit denen auch nicht zoffen. So wie Emma. Jule wettete, dass die nur deshalb immer so einsam hier herumstrich, weil sie sich mit ihrer Jenny in die Haare gekriegt hatte!

Mo wälzte sich vom Sofa auf.

»Warum seid 'n ihr so gegen 'ne richtige Vorstellung? Würd so gern mal sehen, was ihr damals gemacht habt!«

»Ich … Wir …« Silvie biss sich auf die Lippen. »Das solltest du vielleicht die anderen fragen.«

჻ ჻

»Oha! Publikum!« Der Magische Gustav klatschte in die Hände.

Jule wollte ihm gerade erklären, dass sie nur ein bisschen schnüff… sich *umsehen* wollten, da merkte sie, dass der Zauberer gar nicht sie meinte. An der Bergkuppe erschienen zwei Gestalten. Ausnahmsweise ohne verrückte Wagen oder extravagante Kleidungsstücke. Ganz normale Leute, vermutlich unten aus dem Tal.

»Meine Damen und Herren, die Vorstellung kann beginnen!« Der Magische Gustav verbeugte sich und lüpfte seinen Zylinder. Plötzlich aber erstarrte er. »Äh. Nein. Ich meine … Keine Vorstellung! Das geht nicht! Aber Sie können gerne Platz nehmen und die Aussicht genießen!«

Die Leute, ein Mann und eine Frau, sahen Gustav verwundert an. »Keine Vorstellung? Aber wir haben gehört, dass der Wunschelberg wiedereröffnet hat!«

»Das ist ein Missverständnis. Tut mir leid!« Antonio war

herangetreten. Inmitten der bunten Buden sah er besonders blass und grau aus.

»Och, Paps! Wo schon mal alle da sind«, mischte sich Mo ein.

»Aber echt«, stieß Jule hervor. »Gustav macht doch nix kaputt. Also, höchstwahrscheinlich nicht.«

»Bitte! Nur ein kleiner Trick!«, bettelte auch Emma. Wobei sie da so ein Gefühl hatte. Dieser Magische Gustav konnte bestimmt mehr als ein bisschen ollen Hokuspokus! Das würde perfekt zu diesem Ort passen!

Gustav neigte nachdenklich den Kopf und sah Antonio mit einem bettelnden Hundewelpenblick an. »Nun ja. Eine kleine Prise Magie! Die wird doch nicht schaden?«

»Was, es geht schon los? Na, da kommen wir ja gerade rechtzeitig!«, rief jemand.

Wieder wendeten sich alle Blicke zur Hügelkante. Eine Familie mit drei Kindern eilte heran.

»Wir haben gehört, der Wunschelberg wird wiedereröffnet!«, sagte die Frau. »Wir haben unseren Jungs so viel davon erzählt. Hach, war das eine tolle Zeit damals!«

Antonio seufzte. Seine Augenbrauen waren steil wie Hochhäuser. »Eine kleine Vorstellung, mehr nicht! Verstanden, Gustav?« Die letzten Worte zischten nur so aus seinem Mund.

71

Gustav rieb sich die Hände und Kasimir huschte aufgeregt zwischen seinen Füßen herum. »Klitzeklitzeklein. Verstanden!«

Die Besucher setzten sich auf die Wiese vor Gustavs Bude. Auch Madame Claire, Fräulein Erna, Franz im Glück, Silvie und Loretta nahmen Platz.

»Die gucken, als ob er gleich mit 'ner Giftschlange knutscht!«, murmelte Mo.

»Schau mal!«, wisperte Jule und deutete verstohlen auf Meister Sinister. Er verfolgte das Geschehen abseits, im Stehen.

»Fehlt nur noch Konfusio«, stellte Emma fest. Sie kniff die Augen zusammen. »Da oben ist er!«

Konfusio wuselte, höchst beschäftigt, mit Werkzeug in der Hand, zwischen Antennen und Satellitenschüsseln auf dem glänzenden Dach seiner Bude herum. Er hatte dort außerdem ein Fernrohr aufgebaut, in das er immer wieder aufgeregte Blicke gen Himmel warf. Dabei waren dort oben nichts als ein paar Schäfchenwolken zu sehen.

Als Konfusio die drei bemerkte, winkte er ihnen lächelnd zu.

»Was 'n Typ«, grinste Mo und winkte zurück. »Vielleicht

will er mit dem Kram Außerirdische anlocken. Würd ich ihm zutrauen.«

»Verehrtes Publikum!« Alle Köpfe drehten sich zum Magischen Gustav. Kasimir setzte sich an seine Seite. Mit seinen schlauen Augen musterte er das Publikum, so als ob er auch sichergehen wollte, dass alle aufpassten.

»Der Zauber kann beginnen!«

Damit nahm Gustav seinen Hut vom Kopf, fasste hinein und zog zwischen zwei Fingern einen Stein hervor. »Auf den ersten Blick ein durch und durch gewöhnlicher Stein!« Er ging auf sein Publikum zu. Mit einer Verbeugung forderte er Jule auf, ihn anzufassen.

»Ein durch und durch gewöhnlicher, pupslangweiliger Stein!«, wiederholte die. »Und den tauscht er gleich durch was anderes aus«, flüsterte sie in Mos Ohr.

»Psssst!«, erklang es mehrstimmig hinter ihr.

»Konzentration! Was ich jetzt tue, erfordert höchste Konzentration!« Der Magische Gustav schloss die Augen und umfasste den Stein mit seinen Handflächen. Er atmete tief durch. Dann öffnete er die Augen, als Nächstes auch seine Hände und … Sie waren leer. Bis auf eine Staubfluse jedenfalls. Gustav pustete sie davon.

»Verzeihung. Ich muss mich erst etwas warmzaubern. Es ist lange her. Viel zu lange.« Wieder machte er die Augen zu.

Holte tief Luft. Seine Wangen wurden rot, Schweiß perlte auf seiner Stirn. Gustav verzog das Gesicht. Fast so, als ob ihm etwas wehtat.

»Ausatmen nich' vergessen!«, entfuhr es Mo.

»Psssssst!«, erklang es hinter ihm.

Gustav atmete schwer, die Augen noch immer fest zusammengepresst.

Emma sah sich um. Spürten die anderen das auch? Dieses Kribbeln? Und das Geräusch. Ein Summen und Brummen, irgendwo in der Ferne. Es kitzelte in Emmas Bauch und sie hatte Gänsehaut an den Armen. Aber von Mo und Jule kam keine Reaktion. Die mussten das doch auch merken!

Endlich öffnete der Magische Gustav die Augen. Er pustete in seine hohle Hand, verharrte noch einen Moment – und drehte die Handflächen auseinander.

Niemand traute sich mehr zu atmen. Man hätte einer Stubenfliege beim Schnarchen lauschen können.

In Gustavs Händen saß ein kleiner Vogel. Winzig, kaum größer als ein Schmetterling. Er war sonnengelb mit blauen Punkten. Ein sanftes Raunen ging durch das Publikum. Alle starrten das zarte Tierchen an, das langsam seine Flügel auf und ab bewegte. Selbst Antonio sah nicht mehr so verbissen aus, sondern hatte ein leises Lächeln auf den Lippen.

Und wenn es auch bestimmt jeder gerne getan hätte – keiner klatschte, um den bunten Winzling nicht zu verschrecken.

»Magie, das ist Magie«, entfuhr es Emma.

»Ach was! Alles Tricks! Der arme Vogel!«, murmelte Jule. Aber auch sie konnte nicht anders, als den Winzling anzustarren. Der flatterte nun etwas heftiger mit den Flügeln, stob auf – und flog nach oben, Richtung Himmel. Alle folgten ihm mit ihren Blicken. Er wurde zu einem winzigen Punkt und war schließlich nicht mehr zu sehen.

Nur Mo merkte, dass etwas leise vor seinen Füßen zu Boden fiel. Ein Stein! Scheinbar vom Himmel gefallen. Mo zuckte mit den Schultern, hob ihn auf und steckte ihn in seine Tasche.

Noch einmal verbeugte sich der Magische Gustav. Er tupfte sich den Schweiß von der Stirn und stolperte in seinen Sternen-Wohnwagen.

»Und das war bloß 'n Mini-Vogel«, meinte Mo. »Was, wenn er 'nen Elefanten zaubert?«

Die Besucher schlenderten über die Wiese. Zufrieden. Lächelnd. Manche summten und pfiffen vor sich hin. Antonio, Loretta und die anderen Wunschelberger dagegen machten den Eindruck, als hätten sie von Gustavs Zauber Magengrimmen bekommen.

Mit einem Kopfschütteln wendete Jule den Blick von ihnen ab – und Sinister zu. Er sah mit starren Augen in ihre Richtung und nickte langsam. Wie ein Roboter.

»Der gibt sich wirklich Mühe, damit ihn keiner leiden kann«, fand Jule.

»Was für eine Vorstellung! Bezaubernd! Magisch! Hinreißend!«, rief der Mittelgroße Konfusio von seinem Dach herunter. »Ich verstehe nicht, warum die Truppe sich so querstellt. Nur eine einzige Vorstellung. Ein Wiedersehen und ein Abschied. Das Publikum würde strömen.« Er seufzte. »Samstagnacht ist Vollmond. Eine magische Nacht. Perfekt für eine Abendvorstellung.«

Emma nickte. »Das wäre einfach genial!«

»Na ja, warum eigentlich nicht?«, erwiderte Jule. »Besser, als sich langweilen.«

Konfusio rieb sich die Hände. »Wir erwecken den Wunschelberg zu neuem Leben!«

»Bisschen schwierig, wenn die alle dagegen sind«, sagte Mo.

Emma grinste. »Ach, wenn erst Publikum da ist, können die gar nicht anders, als mit ihrem Budenzauber loszulegen!«

»Und du, machst du dann auch mit deinem ganzen Satel-
litenkram und so mit?«, fragte Mo Konfusio.

»Aber sicher, mein Freund. Meine Vorstellung wird etwas
ganz Besonderes!«, erwiderte er lächelnd und mit einem
Augenzwinkern.

Erinnerungen drehen sich zu verwunschenen Klängen

»Haschtawas!« Mo deutete, müde blinzelnd, auf die Spiegel-Stirn seines Vaters. Zahncreme spritzte auf Mos Spiegel-Nase. Und ins Waschbecken. Und auf die echte Nase natürlich.

Antonio wischte sich über die Stirn – also die echte. Aber der Fleck ging nicht weg.

»Als ob dich was gezwickt hat!«, wunderte sich Mo, nachdem er den Schaum ausgespuckt hatte.

»Darf ich mal?« Seine Mutter drängelte sich zwischen sie. Es wurde etwas eng am Waschbecken. Die drei Gesichter passten gerade noch so auf das Spiegelbild.

»Hast da auch was!« Mo deutete auf die Spiegel-Wange seiner Mutter. Loretta wischte sich über die Stelle. Ein weißer Klecks.

»Heimlich nachts Pommes mit Majo gegessen, hm?«, fragte Mo – nur halb im Scherz. Er war misstrauisch. Aber so was von! Geheimnistuereien waren zurzeit regelmäßiger als seine Mahlzeiten.

Emma kraxelte schon auf den Wunschelberg, da waren bei der Hälfte der Buden noch die Klappen zu. Jule allerdings war schon auf. Mo auch. Er war zerknautscht wie ein altes Taschentuch.

»Was ist denn mit dir passiert?«, rutschte es Emma heraus.

Jule grinste. »Der sieht aus, als ob er in den Schleudergang geraten ist.«

Mo gähnte. »Mies geschlafen. Und mies geträumt. Obwohl …« Er blinzelte und sein Blick wurde etwas wacher. »Das war gar kein Traum! Bin aufgewacht. Das is' schon verdächtig! Ich schlaf sonst wie 'n Murmel-Mo. Und der Wohnwagen is' eh supergemütlich. Aber da war so 'n Licht! Blitze. Und Geräusche. Wie 'n riesiger Bienenschwarm. Außerdem …« Er nickte. »Klar! Meine Eltern waren weg. Ihr

Bett war leer. Mitten in der Nacht! Und vorhin war'n sie auch so komisch.«

»Aber …« Jule zupfte sich an einer Haarsträhne. »Ich hab so was auch gesehen! Komische Lichter. Wie buntes Wetterleuchten. Ich dachte, das war ein Traum.«

»Ich wette, der Wunschelberg ist …«, begann Emma.

Mo und Jule sahen sie fragend an.

»Ach nichts«, winkte sie schnell ab. »Ich kapier jedenfalls nicht, warum alle dagegen sind, dass die Buden richtig eröffnen.« Beim Gedanken an Gustavs Zauber gestern kribbelte Gänsehaut an ihren Armen.

»Hm, vielleicht …«, begann Jule. Ihre Stimme war auf einmal ganz leise. »Vielleicht hat es was mit meinen Eltern zu tun. Weil sie fehlen und es ohne sie einfach doof ist.«

Stockend fuhr sie fort: »Ich weiß nur, dass sie damals auch mit Silvie durch die Länder gezogen sind. Ich bin sogar in Herrn Rosts Bauch auf die Welt gekommen! Und dann sind sie gestorben. Ein Unfall.«

Mo und Emma sahen zu Boden.

»Tut mir leid«, murmelte Emma.

»Hm. Total«, nuschelte Mo.

»Ach was«, erwiderte Jule. Nun wieder lauter. »Das ist alles ewig her.«

Und dann begann der Wunschelberg zu erwachen.

Franz im Glück ließ den Rollo seiner Losbude hochrattern, Fräulein Erna, wie immer geschniegelt und gebügelt, öffnete die Seitenwände ihres Wunschrondells, Silvie deckte den Frühstückstisch im Grünen und Antonio und Loretta machten Morgengymnastik (6 Liegestützen, 10 Kniebeugen und das alles in grauen Jogginganzügen). Meister Sinister stand mit verschränkten Armen vor seinem Spiegelkabinett und beobachtete wortlos das Geschehen um sich herum. Madame Claire setzte sich an einen Tisch, der mitten auf der Wiese stand, um mit geschlossenen Augen die milde Morgensonne zu genießen – und der Mittelgroße Konfusio krachte fast mit Mo, Emma und Jule zusammen, weil er mal wieder in den Himmel starrte.

»Suchst du was?« Genau wie Konfusio hob Jule ihren Blick zum Himmel.

»Was 'ne Frage, Außerirdische natürlich!« Mo schaute ebenfalls nach oben.

»Also ich seh keine«, grinste Emma, den Kopf in den Nacken gelegt.

»Es liegt in der Luft! Die Kräfte dort oben werden meine Vorstellung einmalig machen! Ihr werdet euch wundern!«, rief Konfusio. »Bis es so weit ist, stellt ihr hier mal gründlich die Buden auf den Kopf!« Ein kurzes Augenzwinkern, dann ging er weiter in Richtung seines Wagens.

»Ein bisschen durchgeknallt ist der ja schon.« Jule sah ihm lachend hinterher. »Aber irgendwie echt in Ordnung.«

»He, Kasimir!« Emma bückte sich nach dem Fuchs. Mit gesträubtem Fell und einem Fauchen schaute er Konfusio hinterher. »Was hast du? Wenn einer unsympathisch ist, dann dieser Sinister!« Sie hob den Fuchs auf den Arm, aber er machte sich steif wie ein Kochlöffel.

Mo deutete mit einem Nicken auf den Sternen-Wagen. »Was 'n mit Gustav los?«

Alle Fensterläden waren zu. Keine Spur von dem schrulligen Zauberer. Kasimir wand sich aus Emmas Arm und sprang hinunter. Nacheinander blitzte er Emma, Mo und Jule mit seinen klugen Augen an, dann trabte er auf Gustavs Wagen zu.

»Hinterher! Er will uns etwas zeigen!« Da war sich Emma sicher. Dieser Fuchs war schlauer als so mancher Mensch.

Über und über erstrahlten die silbernen Sterne im leuchtenden Nachthimmelblau.

»Wie wunderwunderschön«, murmelte Emma. Kaum zu fassen, dass der Wagen vor ein paar Tagen noch verfallen ausgesehen hatte! Und kaum zu glauben, dass sie da Tag für Tag ganz alleine verbracht hatte. Seitdem war aus den langweiligsten Ferien aller Zeiten ein riesengroßes Abenteuer geworden.

»Gustav?« Jule klopfte an den verschlossenen Fensterladen. »Hast du verschlafen?«

Keine Reaktion.

Mo trat an die Tür und drückte den Griff herunter. »Nich' erschrecken, Magischer Gustav. Wir sind's!«

Kasimir huschte an Mo vorbei. Dann traten sie alle nacheinander in den Wagen.

Gustav saß in dem zerschlissenen Ohrensessel. Kasimir sprang auf seinen Schoß, kringelte sich zusammen und sah ziemlich besorgt aus. Weder Mo, Jule noch Emma hätten bis eben gedacht, dass ein Fuchs überhaupt besorgt gucken konnte.

»Gustav? Was 'n los?«

Der Zauberer hatte die Augen geöffnet, blinzelte aber nicht einmal in die Richtung der Kinder. Mo streckte seine Hand aus und gab ihm einen sanften Stups gegen die Schulter.

Keine Reaktion.

Langsam trat Mo näher, hielt die Luft an und lauschte. Erleichtert seufzte er auf. »Er atmet!«

»Was ist … Ich …«

Endlich kam Leben in Gustav. Er rieb sich die Augen, stöhnte – und schaute die Kinder verwundert an.

»Ihr seht aus, als hättet ihr ein Gespenst gesehen! Ach was, eine ganze Horde davon!«, presste er mühsam hervor.

»Ne, 'nen Zombie! Hast jedenfalls wie einer ausgesehen. Wie 'n blasser Geisterzombie!« Mo lachte vor Erleichterung. Wenn er ehrlich war, hatte er das Schlimmste befürchtet!

Der Zauberer schüttelte den Kopf. »Bin einfach nicht mehr so jung wie vor zehn Jahren.« Ächzend hob er sich aus dem Sessel.

»Mann, Gustav. Jetzt rück schon mit der Wahrheit raus! Hier stimmt doch was nicht. Wieso ist hier ein Haufen begeisterter Gaukler, aber keiner will den Rummel wiedereröffnen? Und wieso erzählt niemand auch nur einen Pieps von früher?«, fragte Jule.

Der Magische Gustav verzog das Gesicht und rieb sich mit der Hand im Nacken. »Manchmal ist weniger zu wissen, mehr. Hütet lieber eure Unschuld, Kinder!«

Mit den Worten verschwand er im Bad.

Mo stöhnte. »Man bräuchte 'n Wörterbuch: Wunschelbergisch-Deutsch. Deutsch-Wunschelbergisch.«

»Die wollen uns echt für blöd verkaufen«, knurrte Jule. »Da wird man schlauer, wenn man sich mit dem Wackelpudding unterhält!«

»Und wenn wir einfach mal Madame Claire fragen? Die ist doch dazu da, um Geheimnisse zu lüften«, schlug Emma vor.

»Selbst wenn die tatsächlich irgend so 'nen siebten Sinn haben sollte ...«, erwiderte Jule.

»... steckt die mit den anderen unter 'ner Decke«, fügte Mo hinzu. »Andererseits: Versuchen kost' ja nix!«

Sie kamen nicht weit. Musik dudelte aus einem Lautsprecher. Musik aus einer längst vergangenen Zeit – aus einem Lautsprecher, der ebenfalls nicht mehr ganz frisch war.

»Einsteigen, meine Damen und Herren! Lassen Sie sich auf eine magische Zeitreise entführen! Mit Fräulein Ernas Wunschrondell!«, erklang Ernas Stimme.

Die schmucke Dame stand neben dem Karussell und breitete einladend die Arme aus. Sie trug ein Kleid mit extravielen Rüschen und einem Rosenmuster. Ihre Lippen waren ebenso rosenrot.

Es waren ein paar *Damen und Herren* mehr als gestern da. Und auch diesmal sprachen alle von der großen Wiedereröffnung. Ein Mann kramte sogar ein Plakat aus der Tasche, das unten im Tal aufgehängt gewesen war.

Die Nacht der Nächte!
Samstagabend: Großer Vollmondzauber unter
dem Sternenhimmel.
Lassen Sie sich von der Magie des Wunschelbergs begeistern!

Mo, Emma und Jule sahen sich schmunzelnd an. Sie konnten sich schon denken, wer die aufgehängt hatte.

Antonio musterte erst den Zettel und dann die Kinder.

»Steckt ihr da etwa dahinter?«

»Nee, das war … Autsch!« Jule war Mo auf den Fuß getreten.

»Doch, das waren wir!«, warf sie schnell ein. »Weil es einfach bescheuert ist, dass ihr euch so anstellt. Wenn wir schon alle hier sind – ungefragt –, wollen wir wenigstens am Wochenende eine richtige Sause!«

»Genau, Papa! Eine einzige Vorstellung! Bitte!«, bekräftigte Mo.

Antonio erwiderte darauf nichts. Als die Besucher sich am Kassenhäuschen des Wunschrondells anstellten, schüttelte er mit zusammengepressten Lippen den Kopf und verschwand im Wohnwagen. Loretta zögerte eine Sekunde und folgte ihm dann. Die anderen Budenbesitzer allerdings warfen sich Blicke zu. Ziemlich nachdenklich. Ein bisschen zweifelnd – und mit dem Hauch eines Lächelns!

Emma, Jule und Mo grinsten in sich hinein. Sah ganz so aus, als ob Antonio mit seiner Meinung inzwischen alleine war.

»Ich will auch mitfahren!«, rief Mo in dem Moment und Emma war heilfroh, dass er das sagte. Sie hatte es sich verkniffen, um nicht wieder von Jule schief angeschaut zu werden. Nun schloss sie sich Mo einfach an.

»Lasst eure Portemonnaies stecken!«, sagte Fräulein Erna. »Eure Träume sind wichtiger!«

Sie öffnete das Seil, das den Eingang zum brombeerroten Zelt mit den hölzernen Tieren versperrte, und winkte die Kundschaft herein.

Mo und Emma suchten sich einen Platz: Eine kleine Kutsche, die von zwei Raben gezogen wurde. Genau wie die anderen Karusselltiere leuchteten sie wie neu und sahen trotzdem wunderbar alt aus. Mit ein paar Kratzern und abgeplatzten Stellen. Und diese altmodischen Farben ringsherum! Emma hatte für alle einen Namen: Sonnenuntergang-Gold, Abenddämmerung-Rot, Fischschuppen-Glitzergrün, Zauberstein-Blau.

»Aber, Liebes, fahr doch mit!« Fräulein Erna nickte Jule zu. Die seufzte leise. Sie wollte die alte Dame nicht enttäuschen und setzte sich zu den anderen beiden.

Als alle Gäste ihre Plätze eingenommen hatten, begann

sich das Rondell zu drehen. Erst etwas holprig und polt-
rig – passend zur altmodischen Knatter-Knarz-Musik. Dann
wurde es schneller, drehte sich immer geschmeidiger und
lief schließlich wie geschmiert. Hoch und runter, auf und
nieder hoben und senkten sich die bunten Karusselltiere.

»Merkt ihr das?«, fragte Mo. Er meinte das leise Rascheln.
Ein Knistern, das in der Luft lag. Es kribbelte im Bauch und
Gänsehaut prickelte seine Arme hinauf und wieder runter.

»Wie gestern bei Gustavs Vorführung.« Emma streifte
Jule mit einem Blick. Die aber wirkte völlig abwesend, als
ob die Sache hier sie gar nichts anging.

Jule hatte die Augen geschlossen. Dieser Geruch … Irgend-
woher kannte sie den. Vanille, Zimt und … ein Hauch La-
vendel. Sie hörte eine warme, weiche Stimme. Und dann …
sah sie etwas.

Zwei Schatten, die langsam Gestalt annahmen. Ein Mann
und eine Frau. Beide trugen weiße Schürzen. Der Mann
hatte Mehl auf der Nase und Teig an den Händen. Die Frau
faltete aus bunten Papieren kleine Blumen und steckte sie
in die fertigen Törtchen. Die sahen so lecker aus, dass Jule
sie richtig riechen konnte. Als wären sie geradewegs vor ihr.

Mit einem Lächeln überreichte die Frau den Kuchen

einem kleinen Mädchen in einem rot-weiß gepunkteten Kleid. Ehe sie hineinbeißen konnte, riss die Kleine die Augen auf: Die Blume erblühte! Wie eine echte Blüte öffnete sie ihre Knospen!

Der Mann hauchte dem kichernden Mädchen einen mehlstaubigen Kuss auf den Scheitel und die Frau legte ihren Arm um es herum. Warm, weich, Vanille-Zimt-Lavendel-duftend.

Jule kannte das Mädchen.

Sie drehte sich zur Seite, damit Mo und Emma nicht sahen, dass sie sich eine Träne wegschniefen musste. Sie hatte ihre Eltern gar nicht vergessen! Die Erinnerung hatte sich nur so weit verkrochen, dass Jule all die Jahre nicht herangekommen war. Und nun hatte das Wunschrondell sie ihr zurückgegeben.

»Aufwachen, Endstation!«

Jule zuckte zusammen, als Mo sie anstupste. Langsam stieg sie mit den anderen aus der Rabenkutsche. Sie sah zu Fräulein Erna, die lächelte und ihr zuzwinkerte. Als ob ihr ganz klar war, was Jule eben erlebt hatte.

Emma seufzte tief auf. »Das muss klasse gewesen sein damals. Wie toll das wäre, wenn der Zauber hier oben … also, wenn die Buden wieder öffnen wurden. So richtig. Für immer!«

»Für immer? Ohne mich! Die eine Woche ist schon lang genug. Wenn Silvie noch einen Tag länger bleiben will, streike ich.« Bis eben hatte Jule sehr nachdenklich und sogar ein bisschen traurig ausgesehen. Nun verschränkte sie die Arme und hatte wieder eine Meckerfalte zwischen den Augen.

Emma zog den Kopf ein, als hätte sie etwas Falsches gesagt. Hatte sie ja irgendwie auch. Wie konnte sie nur davon ausgehen, dass die beiden anderen so viel Spaß hatten wie sie? Mo und Jule war es wichtig, herauszufinden, was ihre Familien ihnen verheimlichten. Mehr nicht!

Den Rest des Nachmittags verbrachten die drei damit, sich an Silvies Bude durchzumampfen. Sogar Jule schmatzte mit vollen Backen. »Hast 'n neues Rezept?«

»Im Gegenteil. Ich habe die ganz alten wieder hervorgekramt«, erklärte Silvie.

»Sieht das lecker aus! Was ist denn da drin?«, fragte Emma und zeigte auf das duftende und glänzende Konfekt.

Mo sagte gar nichts. Er schnabulierte lieber wortlos.

Silvie zwinkerte ihnen zu. »Eine Prise Magie, was sonst!«

Vorsichtig biss Emma in die Praline – und in dem Moment, als die Schokolade ihre Zunge berührte, wurde es ganz warm in ihrem Bauch. Ein Bild trat ihr vor Augen. Wie ein Traum, mitten am Tag: Sie, zusammen mit ihren Eltern. Zu Hause, ein kuscheliger Vorleseabend auf dem Sofa. Draußen klopfte der Regen an die Scheibe und drinnen flackerten Kerzen. Wie lange sie das schon nicht mehr gemacht hatten! Entweder hatte einer von ihren Eltern Spätschicht oder … Oder Emma verzog sich in ihr Zimmer. Weil sie immer, wenn Mama oder Papa fragte, wie ihr Tag gewesen war, lügen musste.

Sie schluckte den letzten Bissen herunter. Das Bild verschwand, aber das Gefühl blieb. Ein wohliges Sehnsuchtsgefühl.

Auch Madame Claire kam vorbei, um eine Praline zu kosten. Schmunzelnd sagte sie: »Selbst eine Wahrsagerin kann die geheimen Zutaten nicht entschleiern.«

»Wo wir beim Entschleiern sind: Da uns schon keiner was über die Vergangenheit erzählen will, könnten Sie uns wenigstens sagen, wie das alles hier ausgeht?«, fragte Jule.

Madame Claire zuckte die Schultern und lächelte entschuldigend. »Selbst wenn ich wollte, meine Liebe. Meine eigene Zukunft liegt für mich im Nebel verborgen.«

In der fremden Stille tragen Vertraute Masken

Einen Tag später ging es auf dem Wunschelberg so bunt und lebhaft zu, wie es zu seinen besten Zeiten gewesen sein musste. Noch mehr Leute waren gekommen, lauter und fröhlicher ertönte das Gelächter, immer länger wurden die Schlangen vor den Buden. Nur Loretta und Antonio waren grau wie eh und je. Aber sie sagten nichts mehr zu dem Trubel. Manchmal lächelten sie sogar ein bisschen oder summten den Takt zur Karussellmusik. Ohne dass es jemand laut ausgesprochen hätte, war klar, dass die *Nacht der Nächte* stattfinden würde. Mo, Jule und Emma konnten sich allerdings nicht richtig darüber freuen und den Rummel genießen.

»Also, wie finden wir heraus, was die Erwachsenen uns verheimlichen? Irgendwelche Ideen?«, fragte Jule.

»Wir müssen uns ganz genau umsehen«, fand Emma. »Nicht nur *vor* den Buden – innen drin! Irgendwer wird doch irgendwelche Andenken aufgehoben haben!«

Jule schüttelte den Kopf. »Bei Silvie können wir uns das sparen. Die hat nicht mal ein Fotoalbum. Von meinen Eltern gibt es überhaupt nur ein einziges Bild. Sie meint, die Alben sind verschwunden, als in Herrn Rost eingebrochen wurde.«

Mo machte große Augen. »Bei uns isses genauso! Kein Foto von früher. Und die gleiche Ausrede!«

»Keine Fotos?« Bei Emma zu Hause stapelten sich die Alben im Regal. Nuckel-Emmas. Krabbel-Emmas. Kindergarten-Emmas. Schul-Emmas. »He, Kasimir!« Der Fuchs huschte zwischen ihren Beinen hindurch und sah Emma an. Ein bisschen war es ihr, als ob er ihr zunickte. »Bleibst du eine Weile bei uns?«

Tatsächlich wich das Tier erst mal nicht von ihrer Seite. Emma, Mo und Jule schlenderten über den Rummelplatz. Ihr Weg führte sie am Spiegelkabinett vorbei. Ein paar Besucher verschwanden hinter dem tiefschwarzen Vorhang, der ins Innere führte.

»Sieh an!« Als hätte er auf sie gelauert, trat Meister Sinister vor sie. Er musterte die drei der Reihe nach mit seinem

stechenden Blick. »So tretet doch ein!« Mit einer Verbeugung breitete er seine dürren Spinnenarme aus. Einladend
sah das trotzdem nicht aus.

»Nee, wir haben Besseres zu tun, als uns mit ein paar ollen Spiegeln abzugeben.« Jule verschränkte die Arme. Sie
versuchte, Sinisters Blick zu erwidern – aber es ging nicht.
Sie musste wegsehen.

»Soso. Schwer beschäftigt.« Sinister lachte. Man hörte,
dass er das nicht richtig konnte. Nicht so, wie Leute, die
lachten, weil das Leben schön war. Sein Lachen klang ge-
hässig und gemein und die einzige Freude in seinem Dasein
schien Schadenfreude zu sein. »Du wirst mehr finden, als
du suchst. Auch wenn du zögerst, kleine Jule!«

Ohne sich noch einmal nach dem Widerling umzudrehen, gingen Mo, Jule und Emma schnell weiter. Alle hatten
Herzklopfen, das bis in ihre Ohren hämmerte.

»Meine Damen und Herren! Greifen Sie zu! Jedes Los ge-
winnt! Und jedes Los ist gratis!«

Franz im Glück stand auf einem Stuhl, die Arme aus-
gebreitet.

»Gewinnerlose für umme?« Mo schüttelte den Kopf.
»Wenn er wenigstens 'n Euro nehmen würde!«

Jule ging hinter den Leuten entlang und zupfte Franz an seiner karierten Hose. »Pssst! Franz! Mensch, verschenk die doch nicht! Die Leute zahlen doch!«

»Auf gar keinen Fall!«, erwiderte Franz mit einem kurzen, sehr entschiedenen Seitenblick und rief noch etwas lauter: »Alles gratis! Umsonst! Geschenkt! Greifen Sie in die Glückstrommel, meine Damen und Herren!«

Emma zuckte mit den Schultern. »Der lebt eben von Luft und Liebe.«

»Und was macht er, wenn er mal 'ne neue Hose braucht?« Jule deutete auf Franz' Hosenbeine, die schon einige Flickstellen aufwiesen.

Aber dann schauten sie zu, wie Franz sein Publikum verzauberte – ganz ohne magische Tricks. Dazu muss man wissen, dass Franz' Losbude von oben bis unten und von links nach rechts zugeramscht war. Unmengen von uraltem, mittelaltem und ziemlich neuem Klumpatsch – ohne jede Ordnung in das Regal gestopft. So sah das jedenfalls für den außenstehenden Betrachter aus.

Franz hingegen wusste augenscheinlich genau, wo er hingreifen musste.

»Na, die Dame, versuchen Sie Ihr Glück!«

Eine grauhaarige Frau fasste in die Lostrommel, wickelte das Papier knisternd auseinander und las vor: »Was Kinderträume sanft bewacht, schützt auch der großen Kinder Nacht.«

Franz griff in das Regal. Mit einer Verbeugung überreichte er der Dame einen Teddybären. Er war etwas staubig und das linke Ohr sah leicht angekaut aus.

»Das ist … Ich … Das gibt es doch nicht! Der ist genau wie meiner damals! Keine Nacht konnte ich ohne ihn einschlafen.«

»Wer weiß, vielleicht ist das ja Ihrer!«

Kopfschüttelnd drückte die Frau das Plüschtier an sich.

»So, und jetzt ihr!« Franz winkte Mo, Emma und Jule zu sich heran.

Ehe Jule eine höfliche Ausrede eingefallen war, hatte Franz die Lostrommel aufgeklappt und ihr aufmunternd zugenickt. Jule zog ein Los hervor und wickelte es aus.

»Zwischen Mehl und Zuckertüte, sprießen soll die welke Blüte«, las Jule.

»Aha!« Franz zauberte zwischen alten Postkarten und angeschlagenen Kaffeetassen eine Papierblume hervor und überreichte sie Jule. Zerknittert und ein bisschen verblichen war sie. Aber Jule starrte sie trotzdem reglos an. Reglos und völlig verdattert.

»Was glotzt 'n so?« Mo lugte ihr über die Schulter.

Jule schüttelte den Kopf. »Alles gut. Bloß 'ne olle Blume.«

Als der nächste Besucher in die Lostrommel griff, winkte Mo Jule und Emma zu sich. »Ihr steht Schmiere, ja?!« Auf leisen Sohlen verschwand er um die Ecke.

Jule steckte die Blume vorsichtig ein. Sie sah aus wie die aus ihrem Traum – und sie war rot. Mit weißen Punkten! Das Muster des Kleids, das sie als kleines Mädchen getragen hatte.

So chaotisch die Regale in der Glücksbude aussahen, so karg war Franz' Wohnecke. Ein Bett. Eine Garderobe, an der noch zweimal haargenau der gleiche karierte Anzug hing, den Franz gerade trug. Aber auch diese Exemplare waren unzählige Male geflickt worden. Die Wände waren völlig kahl. Es gab kein Regal. Keine Krimskrams-Kisten, nichts.

»Wie bei uns«, murmelte Mo. »Als ob Fotos und Postkarten und sonst was giftig wär'n.« Bisher war es normal gewesen, dass seine Eltern nichts von staubigen Erinnerungsstücken hielten. Weil er sich nie hatte vorstellen können, dass ein Geheimnis dahintersteckte. Jetzt aber kam es ihm verdammt seltsam vor.

Von draußen tönten weiter Franz' Rufen, fröhliches Stimmengemurmel und das Gedudel von Ernas Wunschrondell herein. Und dann:

97

Ein leises Klackern. Schritte!

»Mist!«

Schnell! Ein Versteck! Aber …

Zu spät.

Mo drehte sich langsam um – und blickte in ein Paar leuchtende Augen. »Du bist es! Guck nich' so! Wenn die nix verraten, müssen wir's eben selbst rausfinden!«

Die Erklärung schien Kasimir überzeugend zu finden. Er huschte zu Franz' Bett und tippte mit der Schnauze gegen die Matratze.

»Echt? 'n Geheimversteck?« Mo ging in die Hocke und tastete zwischen Matratze und Lattenrost. »Da is' was!« Vorsichtig zog er seinen Fund hervor. Ein Foto.

Mit seinem Handy knipste er es ab. Plötzlich sah er verwundert auf. War da schon wieder ein Geräusch gewesen?

»Nee, kein Geräusch«, flüsterte Mo. Im Gegenteil:

Der Wunschelberg war auf einmal völlig leise!

Kein Lachen, kein Stimmengewimmel.

Er trat an eins der kleinen Fenster und lugte hinaus.

Besucher und Budenbesitzer hatten ihre Blicke auf das Wunschrondell gerichtet.

Es stand stumm und still.

Fräulein Erna war neben dem Karussell zusammengesunken. Ein schmales, geblümtes Häuflein Elend. Das Hütchen war ihr vom Kopf gerutscht und der senfgelbe Unterrock schaute unter dem Rüschen-Kleid hervor.

Silvie zupfte es wieder zurecht und fasste nach Ernas Hand. Sie fühlte den Puls.

»Er schlägt«, hauchte sie erleichtert.

Loretta betaste Ernas Stirn. »Sie ist kalt. Eiskalt.«

»Wie blass sie ist«, flüsterte Jule.

Fräulein Ernas geschlossene Augenlider bewegten sich. Es war, als sähen ihre Augen dahinter gerade sehr düstere Traumbilder.

»… hat 'n die …?«, keuchte Mo, der selten so schnell gerannt war. »Das Gleiche wie Gustav?«

Silvie sah ihn an. »Was ist mit Gustav?«

»*War*. Gestern«, korrigierte Mo. »Komische Sommergrippe vielleicht?«

»Bei Grippe hat man Fieber.« Loretta wendete ihren besorgten Blick nicht von Erna ab.

»Holt was zu trinken! Und ein Kissen! Und …« Silvie stutzte, als Erna plötzlich die Augen aufschlug. »Erna?«

Aber sie reagierte nicht. Sie blickte durch Silvie hindurch, als ob die durchsichtig wäre. Ganz genau so, wie Gustav am Tag zuvor. Emma, Mo und Jule warfen sich einen Blick zu.

Silvie fasste Fräulein Erna an der Schulter. »Erna! Bitte!«

Alle um Erna herum atmeten erleichtert auf, als die alte Dame zwinkerte und stöhnend versuchte, sich aufzurichten. »Was ist … Wo bin ich?«

»Du warst ohnmächtig!«

»Ojemine, und das in meinen jungen Jahren!«

Fräulein Erna wollte verschmitzt lachen, aber heraus kam nur ein schmerzverzerrtes Ächzen. Eine links untergehakt und eine rechts, brachten Silvie und Loretta Fräulein Erna behutsam in ihren Schlafwagen. Da hatte sie zum Glück schon wieder etwas Farbe im Gesicht.

»Eine normale Erkältung ist das jedenfalls nicht«, murmelte Emma.

»Eher 'n gruseliger Wunschelbergvirus«, sagte Mo.

»Vielleicht haben die beiden was Schlechtes gegessen. Oder sie vertragen die Höhenluft nicht.« Jule hoffte sehr, dass die Erklärung so einfach war.

Etwas abseits der Buden packte Mo sein Handy mit dem abfotografierten Bild aus.

Silvie erkannten sie sofort. Ihre Haare waren damals länger, aber sonst: eindeutig Jules Tante. Und daneben …

»Das sind meine Eltern! Die hatten damals schon die Süßigkeitenbude. Sie waren leidenschaftliche Zuckerbäcker.
Na ja, und das bin wohl ich!« Jule meinte das kleine Kind
im Kinderwagen. Wie immer, wenn es um das Thema ging,
wusste keiner, was er sagen sollte.

Jule hasste die mitleidigen Blicke und deutete schnell auf
die nächsten Personen im Bild.

»Franz, Erna, Claire – und Gustav.«

Emma grinste. »Wie Gustav guckt! Der hat Claire schon
damals angehimmelt. Und bis heute hat er ihr seine Liebe
nicht gestanden!«

Auch Meister Sinister hatte sich nicht verändert. Fast
nicht.

»Der sieht jetzt noch fieser aus«, fand Emma. Selbst sein
Bild machte ihr Gänsehaut. »Was für ein Widerling!«

»Und wer ist das?« Jule zeigte auf den Nächsten in der
Reihe.

Ein rundlicher Mann mit Pferdeschwanz. Er trug eine
glitzernde Fliege zu einem lila glänzenden Hemd.

»Nie gesehen diesen Typen«, sagte Mo.

»Manche Gaukler ziehen von Rummel zu Rummel. Wahrscheinlich war er nur ein paar Tage bei der Truppe dabei«,
sagte eine tiefe Stimme.

Die drei fuhren herum.

»Seit wann stehst 'n du da?« Mo starrte Konfusio an. In der Hand hatte er ein Fernrohr. »Musst du so rumschleichen?«

»Ihr solltest besser etwas aufmerksamer sein«, erwiderte Konfusio. Er hob – mit übertriebenem Ernst – mahnend seinen Zeigefinger. Der silberne Armreif wurde sichtbar.

»Der ist ja wunderschön!« Emma deutete auf die schmale Mondsichel, die in das Metall eingraviert war.

Konfusio nickte. »Nicht nur das. Er ist das Wertvollste, was ich besitze.«

»Dann sollteste aber gut drauf aufpassen!« Mo deutete wieder auf das Foto. »Und wer sin' die?«

Da waren noch zwei Leute zu sehen. Vermutlich ein Mann und eine Frau. So genau war das nicht zu erkennen, weil beide geschminkt waren. Jeder hatte eine schwarze und eine weiße Gesichtshälfte. Und über den Augen trugen sie Masken, die bis unter die Nase reichten.

Jule runzelte die Stirn. »Äh … Mo? Der Mann hat ein Kind auf den Schultern. 'nen kleinen Jungen.«

»Ach. Süß«, sagte Mo.

»Also, ich war knapp zwei, als das Bild geknipst wurde. Du also drei. Na ja – und wer fehlt dann noch, hm?«

»Äh …?« Mo starrte sie an und blinzelte irritiert, als hätte er eine Fliege im Auge.

102

»Bisschen pummelig, der Kleine. Na ja, gut und das Handy fehlt«, half Jule nach.

»Häääää?«

»Mann, Mo! Das sind deine Eltern!«, fuhr Emma dazwischen.

»Das sind …?« Mo ging mit der Nase ganz nah an das Bild. »Niemals!« Er schüttelte heftig den Kopf. Dann schaute er das Bild noch mal von etwas weiter weg an. »Was sind 'n das für komische Masken?«

»Harlekin-Masken«, erklärte Emma. »Damit sind sie so eine Art Clown. Aber irgendwie … geheimnisvoller.«

Mo starrte seine Eltern an. »Ich dachte, die hätten sich vielleicht um den Bürokram gekümmert oder so. Mann, selbst wenn sie mal was verraten, isses nur die halbe Wahrheit. Wieso lügen die ständig?«

»Weil sie uns nicht für voll nehmen! Weil sie uns behandeln, als würden wir immer noch in die Windeln machen. Weil sie der Meinung sind, was wir im Kopf haben, ist so groß wie 'ne Schrumpelerbse!« Jule grapschte sich Mos Handy, bevor der nur mit einem Ohr wackeln konnte. »Wir zeigen ihnen das Bild und machen sie zur Biene. Äh, zur Schnecke!«

Da mischte sich Konfusio ein. »Und du meinst, dass sie euch dann die Wahrheit sagen?« Seine Stimme klang auf einmal ernst und passte gar nicht zu seinem Lächeln. »Vergesst es!«

»Wieso machen die so ein Rätsel aus ihrer Vergangenheit? Ist doch nicht verboten, auf 'nem Rummel zu arbeiten!« Jule stemmte die Arme in die Seiten.

»Lasst euch nicht so behandeln«, warf Konfusio ein. »Die Wunschelberger unterschätzen euch. Ihr seid gewitzt genug, um das Geheimnis zu lüften.«

Noch einmal betrachtete Mo das Bild. »Weiß nich'. Hab da so 'n Gefühl, als ob dieser dicke Typ mit dem Pferdeschwanz was mit der Lösung zu tun hat. Ich glaub nich', dass der bloß irgendwer is'!«

Konfusio raufte sich übertrieben verzweifelt seine sowieso schon wirren Haare. »Worauf wartet ihr? Zeigt denen, dass ihr euch nicht gefallen lasst, wie sie euch behandeln! Husch, husch!«

Emma musste lachen.

»Genau, da steckt ein Riesengeheimnis dahinter und das lüften wir!«

Jule hatte währenddessen weiter das Foto betrachtet. »Irgendwie haben die damals viel glücklicher ausgesehen«, meinte sie. »Wahrscheinlich vermissen sie meine Eltern.«

Prompt war da wieder dieses schlechte Gewissen. Was war sie nur für eine Tochter, dass ihre Eltern ihr gar nicht fehlten! Obwohl. So ganz stimmte das nicht mehr. Sie hatte jetzt eine Erinnerung. Und es tat ihr unendlich leid, dass es nur diese einzige war.

So voll ihre Köpfe waren, so leer fühlten sich ihre Mägen an. Gerne hätte Emma ein Wunschelberg-Abendessen verputzt (Popcorn mit Kartoffelsalat und Himbeerlimo zum Beispiel), aber es wurde allerhöchste Zeit, nach Hause zu gehen.

»Du musst morgen so bald wie möglich kommen! Wir lassen uns nicht von den Erwachsenen veräppeln«, sagte Jule zum Abschied.

Emma versuchte, nicht bananenbreit zu grinsen. Gar nicht so leicht, schließlich war das gerade ein riesiges Kompliment gewesen. Na ja, zumindest hieß es, dass Emma Jule nicht zu Tode nervte!

»Logo, sowieso.« Da grinste Emma doch. Aber höchstens eine halbe Banane breit. Denn plötzlich erstarrte sie.

Da stand ein Mädchen.

Es sah zu ihr herüber.

Es sah mit gerunzelter Stirn zu ihr herüber.

»Mist«, entfuhr es Emma. »Also dann – bis morgen!«

Ohne sich noch einmal umzudrehen, machte sie die Biege.

Mo starrte Emma hinterher. »Hat die 'n Flo in den Po gezwickt?«

»So ähnlich.« Jule musterte das Mädchen, das Emma so komisch angesehen hatte.

Es hatte rotblonde Locken, blaue Augen und Sommersprossen auf der Nase. Es war dünn und grazil wie eine Ballerina.

Das war Jenny!

Und es war absolut eindeutig, dass die und Emma sich ohne Ende gezofft hatten!

Der Berg erwacht
im Sternentanz

Der beinahe volle Mond ließ sein blauschimmerndes Licht in das Zimmer fallen und malte Schatten auf den Teppich. Immer wieder schob sich eine Wolke vor die leuchtende Scheibe. Dann verschwanden die Schatten für einen Moment und alles wurde dunkelgrau.

Die Kirchturmuhr hatte längst zu Mitternacht geschlagen, aber Emma war immer noch hellwach. Ihre Gedanken fuhren Karussell. Was, wenn Jenny morgen wieder auf den Wunschelberg kam? Sie konnte nicht ständig wegrennen. Oder sich verstecken. Sie musste Mo und Jule die Wahrheit sagen. Und Mama. Die war so glücklich, was für tolle

Ferien Emma verbrachte, mit ihrer besten Freundin namens Jenny. Dabei gab es lediglich eine Lieblings-Feindin namens Jenny. Ein Mädchen aus Emmas Klasse, das immer ein paar fiese Sprüche für sie übrig hatte. Und weil alle in der Klasse Jenny cool fanden, war Emma die Doofe.

Etwas Schweres drückte Emma auf die Brust. Sie sehnte sich nach dem wohligen Gefühl vom Wunschelberg. Dem wunderbaren Traum, als sie Silvies Praline gekostet hatte. War das ein Bild aus der Vergangenheit oder gehörte es in die Zukunft? Vielleicht konnte sie das ja entscheiden!

»Na gut«, flüsterte sie in die Dunkelheit hinein. Morgen – nein, heute, es war ja schon der nächste Tag – würde sie mit ihren Eltern reden. Und Mo und Jule … Das konnte nicht länger warten! Keine Sekunde!

Sie stieg aus dem Bett, suchte zwischen den Mondschatten ihre Klamotten zusammen, öffnete das Fenster und kletterte hinaus in die milde Sternennacht.

Obwohl Emma den Weg zum Wunschelberg schon so oft gegangen war, kam er ihr im Mondlicht fremd vor. Dunkle Bäume, Grillenzirpen und Fledermäuse, die lautlos über ihren Kopf hinwegsausten. Alles war schön. Gänsehautschön. Gleichzeitig aber auch gänsehautkribblig-gruselig. Das lei-

seste Knistern konnte einen erschrecken wie ein Kanonen-
knall, und unscheinbares Blätterrauschen klang wie ein Ge-
spenster-Konzert.

Am Wunschelberg angekommen, schlich Emma an Jules
Bus. Sie wusste, hinter welchem Fenster Jules Schlafkoje lag.

»Psssst!«, wisperte sie – und schaffte es tatsächlich, Jule zu
wecken, ohne dass Silvie etwas mitbekam.

»… machst 'n du da?«, murmelte Jule, als sie verschlafen
aus dem Bus kletterte. Ihre Haare sahen aus wie Unkraut
und ihre Augen waren schmaler als eine Spielkarte.

Emma winkte ab. »Erst noch Mo.«

Der war etwas schwerer wach zu kriegen. Während er immer noch tief und fest schlummerte, erklangen aus der anderen Ecke des Wohnwagens längst beunruhigende Geräusche. Antonio drehte sich und Loretta schnarchte einmal
laut auf.

Da hatte Jule die rettende Idee.

»Mo, dein Handy klingelt!«, flüsterte sie – und tatsächlich
rührte sich der Deckenberg.

Als Mo richtig wach war, verzogen sich die drei an den
Rand des Rummels. Nein, die vier! Kasimir huschte herbei,
setzte sich und sah sie nacheinander fragend an.

»Dieser Fuchs …«, flüsterte Jule. »Als ob er jedes Wort
versteht!«

Dass das so war, daran zweifelte Emma längst kein bisschen mehr.

»Was'n looooooaaaaas?«, gähnte Mo.

»Würd mich auch interessieren«, meinte Jule.

»Ich … Also … Ich muss euch was sagen«, begann Emma.

»Mitt'n inner Nach'!?« Mo nuschelte bekanntlich von Natur aus gerne. Gerade aber hatte er vor Müdigkeit kaum noch Buchstaben übrig. Nicht mehr viel, und er wäre schnarchend vornübergekippt. Bis ein Windstoß eine große Wolke wegpustete und der Mond mit seiner ganzen Kraft auf sie herunterleuchtete. Plötzlich war Mo hellwach.

»Seht ihr das?« Emma vergaß vor Aufregung zu flüstern.

Rot, grün, blau … Die Lichter flimmerten über den Wohnwagen.

»Vielleicht ist das so was wie Nordlichter«, überlegte Jule.

»Es kribbelt wieder überall.« Mo betrachtete erstaunt die Gänsehaut an seinen Armen.

»Psssst, da ist wer!« Emma winkte Mo und Jule hinter sich her. Sie gingen unter einem Busch in Deckung. Aber so, dass sie noch gute Sicht auf die Buden hatten.

Ein Flackern. Noch eines. Die Lichter der Buden gingen an. Nach und nach traten die Wunschelberger daraus hervor. Gustav und Claire. Erna. Schließlich Franz, Silvie und

Mos Eltern. Auch Sinister folgte. Wie immer stand er etwas abseits.

»Konfusio fehlt«, flüsterte Emma.

»Der verpennt alles«, erwiderte Mo.

»Machen die das immer, wenn wir schlafen?« Jule schüttelte den Kopf.

Dann sagte keiner mehr etwas. Gespannt betrachteten sie das Schauspiel.

Silvie stand vor der Süßigkeitenbude und rührte in einer Schüssel. Zucker staubte in die Luft. Glitzernd, wie aus Diamantenstaub. Ein Leuchten hing über Franz' Losbude, als ob seine Schätze es kaum erwarten konnten, in die richtigen Hände zu geraten. Claires Zelt flatterte sanft und säuselnd im Wind. Und Antonio und Loretta setzten ihre Harlekin-Masken auf! Sie verbeugten sich vor einem unsichtbaren Publikum und begannen, im Mondschein mit Bällen zu jonglieren. Erst drei, dann vier, fünf … sechs. Loretta warf Antonio einen Ball nach dem anderen zu und er wirbelte sie über seinem Kopf herum. Höher und höher stiegen sie und begannen immer strahlender zu leuchten. Hell wie die Sterne. Dann waren sie verschwunden. Es schien, als wären die Bälle mit den Himmelslichtern verschmolzen. Oder hatten die beiden mit Sternen jongliert?

»Wie geht 'n das?«, hauchte Mo.

»Die sehen alle aus, als ob sie schlafen. Oder schlafwandeln«, flüsterte Jule.

Die Bewegungen der Wunschelberger waren langsam. Wie in Zeitlupe.

»Blass sind sie – oder liegt das am Mondlicht?« Emmas Stimme wackelte und sie räusperte sich.

Mittlerweile ging von allen Buden ein Leuchten aus. Die Bäume waren in ihren Schimmer getaucht. Die Spiegel von Meister Sinisters Kabinett blitzten und reflektierten den ganzen Zauber wider und wider.

»Die Felsen! Guckt!« Mo deutete auf die Spitzen des Wunschelbergs. Sie glühten in einem warmen, pulsierenden Rot.

»Als ob der Berg lebt.« Emmas Stimme war nur noch ein Hauch.

Gustav trat mit langsamen Schritten auf die Zauberwiese. Er verharrte, hob den Kopf zum Himmel, breitete die Arme aus …

Gustav hatte keinen Boden mehr unter den Füßen! Er schwebte! Über ihm zuckten weiter die merkwürdigen Lichter und es war, als ob auch er leuchtete. Ein sanftes, magisches Flimmern, das im Rhythmus von Emmas, Jules und Mos aufgeregtem Herzschlag flackerte.

Erneut schob sich eine große Wolke vor den Mond. Düsternis breitete sich aus. Sämtliche Lichter erloschen. Es wurde still. Als sie ihre Blicke wieder den Buden zuwendeten, war die Zauberwiese leer.

Wenn Emma, Jule und Mo es nicht besser gewusst hätten, hätten sie das alles für einen Traum gehalten. Aber sie konnten doch unmöglich alle drei dasselbe träumen!

Unten im Tal schlug die Kirchturmuhr drei Mal.

»Die Spiegel, das muss an den Spiegeln liegen, oder?«, flüsterte Jule.

Keiner antwortete ihr.

»Na ja, ich muss dann mal …« Mit zittrigen Händen kraulte Emma Kasimir. Der machte den Anschein, als würde er so ein Schauspiel jede Nacht sehen. Aber wer weiß, vielleicht tat er das auch?

Unter der Schwere des Himmels liegen vergessene Worte

Als Jule aus Herrn Rosts Bauch stieg, war es, als hätte es die geheimnisvolle Nacht mit all ihrem Zauber nie gegeben. Der Himmel war blau, die Sonne schien.

Optische Täuschungen, Kabel, Drähte, Lampen – es gab viele Erklärungen für all die Seltsamkeiten dieser Nacht. Jule musste einfach mal gründlich nachsehen. Die Erwachsenen hatten schlichtweg heimlich für die große Vorstellung am Wochenende geübt – mit allem technischen Schnickschnack, der dazugehört! Und im unheimlichen Mondlicht sah sowieso alles ganz anders aus als am Tag! Da konnte man schnell an so was wie Magie glauben.

»Es gibt eine ganz vernünftige Erklärung«, flüsterte Jule. »Bestimmt.«

Andererseits ... Alle hatten so merkwürdig ausgesehen. Und wozu die tausend Geheimnistuereien? Was war damals auf dem Wunschelberg passiert? Warum gab es keine Andenken an früher? Nur ein einziges Foto!

»Hä?« Mo kam mit müden Schritten um die Ecke geschlurft. »Was nuschelst 'n so?«

Jule klappte den Mund zu. Sie hatte die ganze Zeit vor sich hin gebrabbelt. Nun musste sie grinsen. Mo sah noch zerknautschter aus als sonst. Als hätte ihn jemand zusammengeknäult, in einen Sack gesteckt und sich dann mit einem sehr dicken Hintern draufgesetzt.

»Sag ma', is' das jetzt 'n Traum oder war das heute Nacht einer?« Mo erwartete keine Antwort. Er sah sich suchend um. »Wo bleibt 'n Emma?«

Jule zuckte mit den Schultern, dabei hatte sie sich schon das Gleiche gefragt. Es ging fast auf Mittag zu und Emma kam sonst immer in aller Frühe.

»Wahrscheinlich hat sie sich wieder mit ihrer Jenny versöhnt und braucht uns nicht mehr.« Obwohl sie sich sagte, dass ihr das egal war – irgendwie schmeckte der Gedanke bitter.

Aber nicht nur Emma, auch der Rest vom Wunschel-

berg war heute spät dran. Erst gegen Mittag kam Leben in die Buden. Es ratterte. Es klapperte. Jalousien und Fensterläden wurden geöffnet. Und sofort kamen die ersten Besucher!

»Ist das nicht komisch?«, fragte Jule. »Kaum geht es hier oben los, tauchen die ersten Gäste auf. Als ob da unten im Tal dann ein Glöckchen bimmelt.«

»Wir sollten aufzählen, was hier nich' komisch is'«, fand Mo. »In der Nacht sind alle Zombies und nu sieht's hier aus wie im Gummibärenland!«

Niemand wäre mehr darauf gekommen, dass der Wunschelberg jahrelang im Winterschlaf gelegen war. Bunte Buden standen rings um die Zauberwiese. In den Bäumen hingen gemusterte Lampions und überall grünte und blühte es. Wie ein Frühlingstag mitten im Sommer. Der Geruch der Blumen vermischte sich mit dem von Silvies Süßigkeiten. Aus dem Wunschrondell klimperte eine fröhliche Melodie, die Wunschelberger luden mit lauten Rufen ihre Gäste ein. Lachen und Geplauder wurde hin und her geworfen. Von großen Leuten, von kleinen Leuten, Leuten mit Hut und ohne. Antonio krempelte seine Ärmel nach oben, pfiff eine Melodie – und lief barfuß! Loretta trug ein luftiges Kleid. Ein ROTES!

Mo war baff. »Wenn sie jetzt noch ihre Masken auspacken ...« Er hatte seine Eltern bisher nicht darauf angesprochen, weil er nicht wieder angelogen werden wollte. Aber in der Nacht hatte er gesehen, was wirklich in ihnen steckte. Falls das wirklich *wirklich* gewesen war.

»Das kann doch nur ein fauler Zauber gewesen sein!«, sagte Jule, als ob sie seine Gedanken gelesen hätte. »Wir müssen dringend dort oben nachsehen ...« Ihr Blick wanderte zu den beiden Gipfeln. »Berge leuchten nicht einfach so! Außerdem können wir da ganz ungestört reden.«

Im gleichen Moment entdeckten sie Emma unter den eintreffenden Gästen. Sie kam sofort auf sie zugeeilt.

»Das ist ja der Wahnsinn! Hier ist richtig was los! Und deine Eltern packen endlich mit an, Mo!« Während Emma das sagte, sah sie sich verstohlen um.

»Keine Sorge, sie ist nicht da«, kommentierte Jule ihren Blick.

Emma hatte große Mühe, den Mund nicht so weit aufzuklappen wie ein blubbernder Karpfen. »Äh ...?«

»Jenny. Sie ist nicht da. Und du musst uns nix mehr vorspielen.«

Emma wurde rot. »Ihr wisst Bescheid? Und seid nicht sauer?«

»Äh ... Wir wiss'n was?« Mo sah fragend zu Jule.

»Also, der weiß nix und ist nicht sauer, und ich ...«, be-

gann Jule. »Na ja, ich bin froh, dass ich schon vor Ewigkeiten erkannt hab, dass man mit Freunden nichts als Ärger hat.«

»Ich … äh …«

»Moment, ich übersetz mal: Du hast dich mit dieser Jenny zerstritten, redest mit ihr kein Wort mehr – und vor uns wolltest du das nicht zugeben. Weil du ja die tollste, beste, coolste Freundin der Welt hast und alles, um die wir dich ja soooo beneiden!«

»Ich, also …«

Jule schüttelte den Kopf. »Ist okay. Und es gibt echt Wichtigeres. Wir müssen da hoch!« Sie deutete mit einem Nicken zu den Gipfeln hinauf.

»Is' aber verboten!«, warf Mo ein.

»Eben! Also gibt es dort etwas, was wir nicht finden sollen!«

»Links oder rechts?« Mo wischte sich mit einem T-Shirt-Zipfel den Schweiß von der Stirn. Der angenehme Sommerwind war verschwunden. Mücken summten um sie herum. Eine landete auf Jules Nase und sie pustete sie weg.

»Wir müssen auf jeden Fall auf beide.« Sonst war Jule eher diejenige, die voranpreschte. Diesmal aber war Emma die

Erste. Sie suchte sich eine passende Stelle und begann zu klettern.

»Kommt doch! Es ist gar nicht so steil!«

»Muss nur … Schleife ist offen!« Mo bückte sich – zu seinen Klettverschlüssen.

Auch Jule hatte nichts gegen ein wenig Aufschub. Nicht aus Höhenangst. Sie fürchtete sich vor dem Geheimnis. Also dem, was dahintersteckte. So wie die Erwachsenen sich bemühten, es zu vertuschen, hatte die Wahrheit es in sich. Und Mo sah das vermutlich genauso.

»Wieso, bitte, sollten wir hier nicht rauf? Das war nicht schwerer als Treppensteigen«, stellte Jule fest. Am Gipfel angekommen, waren sie kaum außer Puste. Aber sie schwitzten!

»Wie im Backofen«, stöhnte Mo. Er ging in die Hocke, tastete um sich herum und hob ein paar Steine hoch. »Hier is' nix. Kein Kabel. Keine Lampe. Kein Schalter. Nix.«

Emma starrte hinunter auf die bunten Buden. Die Musik und das Lachen der Besucher drang bis zu ihnen hinauf. Wäre das toll, jetzt gemütlich eine Runde mit dem Wunschrondell zu fahren. Oder bei Gustavs Zaubereien dabei zu sein. Sicher, sie waren einem riesigen Geheimnis auf der

Spur. Und Emma liebte Geheimnisse. *Schöne* Geheimnisse. So etwas wie eine Geburtstagsüberraschung, die letzten Seiten eines guten Buches oder das abgesperrte Weihnachtszimmer. Aber es gab auch düstere Geheimnisse, die kalte Gänsehaut machten.

»Ich hätte gewettet, dass wir was finden«, schimpfte Jule. »Wie haben die das bloß hingekriegt, dass der Berg so leuchtet?«

Emma räusperte sich. »Jule … Ich … Also, glaubst du wirklich gar nicht, dass da etwas anderes dahinterstecken könnte? Ich meine, es muss ja nicht immer alles total vernünftig erklärbar sein.«

Jule warf ihr einen Blick zu. Keinen typischen Jule-Blick mit Stirnfalten. Sondern einen zögerlich-nachdenklichen.

»Es ist alles verdammt seltsam!« Plötzlich kam sich Emma nicht mehr komisch dabei vor, ihre Gedanken laut auszusprechen. »Hier passieren so viele merkwürdige Dinge, die man einfach nicht logisch erklären kann! Warum haben die Wunschelberger damals plötzlich alles stehen und liegen gelassen?« Sie blickte zu Mo. »Zeig mir doch noch mal das Foto von Franz!«

Mo gab ihr sein Handy. Emma ging die Personen ein weiteres Mal durch. Bei dem Kerl mit der bunten Fliege um den Hals stoppte sie. »Dieser Typ … Bis auf den sind alle auf den Wunschelberg zurückgekommen.« Sie sah Jule an. »Na ja, abgesehen von deinen Eltern natürlich. Hm, vielleicht ist der Kerl ja auch …« Den Rest verschluckte Emma. In Jules Gegenwart war es doppelt schwer, über den Tod zu reden.

»Wenn wir nachfragen, kriegen wir eh keine Antwort«, sagte Jule bitter.

»Also selber rauskriegen«, stöhnte Mo. »Mann, ich heiß doch nich' Sherlock!«

Jule riss die Augen auf. »Da drüben! Habt ihr das gesehen?!«

Mo und Emma folgten ihrem Blick.

»Da blinkt was«, stellte Mo fest.

Jule rappelte sich hoch. »Los! Rüber!«

Sie machten sich an den Abstieg. Emma kletterte erneut voraus, die anderen hinterher. Behutsam hielten sie Ausschau nach den Stellen, an denen ihre Füße und Hände Halt finden konnten. Trotzdem bröckelte immer wieder ein Stein weg und sie mussten höllisch aufpassen, um nicht abzurutschen. Jule sah, wie Emma auf einem Vorsprung stehen blieb und mit verbissener Miene an einem Stein herumnestelte.

»Alles klar bei dir?«, rief Jule.

»Da ist was! Da …« Emma rüttelte am Stein – und schob ihn beiseite. »Gibt's ja nicht!«

Mo und Jule hangelten sich zu ihr hinunter.

»Ein Geheimfach!«, stieß Jule hervor.

»Was 'n da drin?«, fragte Mo.

Emma fasste in die Öffnung.

Erst zog sie zwei Blumen hervor. Papierblumen. Eine rote und eine gelbe. Genau wie die, die Jule von Franz bekommen hatte. Jules Herz machte einen Satz.

»Da ist noch was. Ein Umschlag.« Emma sah die anderen beiden an. »Soll ich?«

Mo und Jule nickten.

Emma öffnete den Brief. Das Papier war vergilbt und etwas klamm. Aber die Buchstaben waren noch gut zu entziffern.

Liebe Laura, lieber Paul,
alles würde ich tun, um das Geschehen rückgängig zu machen. Wir waren so glücklich, bis er uns alle ins Unglück getrieben hat. Aber ich bin mir sicher, er wird seine Strafe bekommen. Nie mehr wird dieser Mensch, dieser Unmensch, froh werden. Wie sehr ihr mir fehlt. Aber wo auch immer ihr jetzt seid, ihr könnt beruhigt sein. Ich werde mich um eure Kleine kümmern. Versprochen.

»Wer sind 'n das? Laura und Paul?«, fragte Mo.

»Meine Eltern. Und das ist Silvies Schrift.« Jules Stimme klang heiser. Sie räusperte sich. »Aber was soll das? Wen meint sie? Von wegen *ins Unglück getrieben*? Es war doch ein Unfall!« Sie biss sich auf die Lippe und starrte an Mo und Emma vorbei, hinunter zum Rummelplatz. »Es geht hier um meine Eltern! Ich will die Wahrheit wissen!«

Emma deutete auf das zweite Ohr das Wunschelbergs. »Da! Da war wieder das Licht.«

Jule nickte und atmete tief durch. »Okay. Wir sehen uns an, was dort drüben los ist – und dann stelle ich Silvie zur Rede. Ein für alle Mal!«

Die Kanten waren steiler und die Oberfläche des zweiten Felsens war viel glatter. Immer wieder rutschten sie ab, Geröllstücke rumpelten den Abhang herunter. Sie mussten sich ringsum am Wipfel entlanghangeln, bis sie wieder eine Stelle ausfindig gemacht hatten, auf die sie einen Fuß setzen und ihre Hände in den Fels krallen konnten.

»Waaah!« Ein Stein bröckelte unter Mos linkem Fuß weg. Ächzend klammerte er sich an den Berg.

»Helft mal!«, stöhnte er.

»Pssst!«, flüsterte Jule. »Da ist jemand!«

»Aber …«, stieß Mo hervor, doch Jule warf ihm einen ernsten Blick zu. Da war eine Stimme. Das Echo der Felsen warf sie hin und her, sodass sie dumpf und kalt zu ihnen herunterklang.

»Kannich' mehr!« Schon bröckelte ein weiteres Stück vom Felsen ab und Mo hing mit einem Fuß über dem Abgrund. Emma fasste zu ihm rüber und lotste ihn an eine Stelle, die seinen Füßen wieder Halt gab. Er lächelte ihr dankbar zu.

Dann kletterten sie weiter. Leise und vorsichtig.

Jule, die vorneweg ging, sah ihn zuerst.

Stumm formte sie ein Wort mit den Lippen: »Konfusio.«

Der Mittelgroße Konfusio thronte mit sehr ernster, feierlicher Miene auf der Spitze des Berges. Um seinen Hals hing ein Fernglas und wie so oft hatte er den Blick zum Himmel gerichtet. Sein Folien-Mantel reflektierte grell das Sonnenlicht. Mo, Emma und Jule mussten die Augen zusammenkneifen. Noch war der Himmel blau, doch er verfärbte sich schon dunstig und in der Luft hing eine drückende Schwere.

Konfusio hatte die Augen geschlossen und murmelte etwas in sich hinein. Kurz darauf blickte er um sich. Er stand auf, erhob seine Arme und nickte entschieden. »Bald!«, wisperte er. »Bald, Vater, ist es so weit.«

Mo musste schmunzeln. Auch wenn er Konfusio wirklich mochte – Mann, war der gaga! Auch Emma musste leise kichern.

Konfusio aber merkte nichts. Er blickte auf die bunten Buden und das ebenso bunte Treiben rundherum herab. Tief und zufrieden atmete er durch. In einem feierlichen Singsang fuhr er fort: »Neues Leben auf dem Wunschelberg! Die Energien werden fließen, sich zusammenfügen und …«

»Pfrrrrrz«, grunzte es eine Etage unter ihm.

Konfusio ließ die Arme sinken, fuhr herum und verlor beinahe sein Gleichgewicht.

»Was …?«

Da prustete Mo los. Emma auch. Und Jule machte mit. Es tat so gut zu lachen! Wo auf einmal alles viel zu ernst war.

»Nix für ungut. Siehst einfach zu lustig aus!«, kicherte Mo. »Sin' echt gespannt auf dein großes Geheimnis!«

Eine Sekunde starrte Konfusio seine heimlichen Beobachter an. Bitterernst.

»Upsi«, stieß Mo hervor.

Konfusios Mundwinkel zuckten – und er lächelte.

»Ihr Schnüffler!«

Mo, Emma und Jule hangelten sich zur Spitze hoch und suchten sich auf dem engen Raum ein Plätzchen. Keine Briefmarke hätte mehr zwischen sie gepasst.

»Wir sollten 'n Erinnerungsfoto schießen!«

»Stimmt!«, fand auch Emma. Sie wollte gar nicht daran denken, wie es nach dem Wochenende sein würde. Wenn hier oben wieder alles still und leer war.

Mo griff nach seinem Handy – und tastete ins Leere. »Äh …?«

»Oh, das hab ich vorhin wohl aus Versehen eingesteckt. 'tschuldigung.« Emma reichte Mo das Telefon.

Aber Konfusio wehrte ab. »Lass das, bitte!« Er sah die drei fragend an. »Was sucht ihr hier oben?«

»Hast du das heute Nacht mitgekriegt? Die Aufführung, die Lichter – und alles. Wir wollen rausfinden, was hier los ist«, sagte Emma.

»Was sagst 'n du zu allem, Konfusio?«, fragte Mo. »Knisternde Luft, durchgeknallte Lichter. Und in echt kann man doch nicht schweben, oder? Außerdem, wie die Erwachsenen geglotzt haben, heut Nacht. Als wären nur ihre Körper hier und die Köpfe mindestens in der Antarktis!« Mo musste nach Luft schnappen.

»Und dann haben wir eben noch was gefunden. Jetzt kapieren wir erst recht nichts mehr«, fügte Emma hinzu.

126.

Jule fasste in die Tasche und zog den Umschlag hervor.

»In dem Brief geht es um meine Eltern. Es war wohl doch kein Unfall. Und es muss hier passiert sein!«

»Wir glauben, dass es was mit diesem Unbekannten auf dem Foto zu tun hat«, fügte Mo hinzu.

Konfusio schüttelte den Kopf. »Ihr solltet die Sache vergessen. Dieses Geheimnis ... es ist bestimmt gefährlich!«

»Jetzt fängst du auch noch an! Wir wollen endlich wissen, was hier los ist!« Jule war laut geworden. Die Bergspitzen warfen ihr Echo hallend hin und her.

»Aber ...« Konfusio rieb sich mit dem Finger über den Nasenrücken. Eine Sekunde schloss er die Augen, dann blickte er die drei mit einem schweren Nicken an. »Ihr habt recht. Ihr seid keine kleinen Kinder mehr. Ihr müsst die Wahrheit wissen. Ich ...« Konfusio atmete tief durch. »Ich habe euch belogen. Der Mann auf dem Foto ... Das ist nicht irgendwer. Das ist der Große Avarus.«

»Der Große hä?« Nicht nur Mo blickte Konfusio verständnislos an.

»Der Große Avarus. Er ist ... Er *war* mein Vater.«

Wieder warf er Mo, Emma und Jule einen ernsten Blick zu.

»Ist er ...« Jule schluckte. »Gestorben?«

Konfusio holte tief Luft, schloss die Augen und nickte.

»Habt ihr euch noch nie gefragt, was es mit Sinister und all diesen seltsamen Spiegeln auf sich hat?«

»Pfff, der will einem bloß Angst machen«, schnaubte Jule. Aber sie sah an Konfusios Blick, dass das nicht so war.

»Genau, mit Monitoren und so«, ergänzte Mo – ebenso halbherzig wie Jule.

Konfusio schüttelte langsam und mit traurigen Augen den Kopf.

»Es war in jener Nacht, damals. Die Nacht, die alles weitere entschied. Alles, was damals passiert ist, hat Meister Sinister zu verantworten.«

»Was ... Aber ...« Jule presste die Lippen aufeinander.

Konfusio sah sie lange an. »Es würde mich nicht wundern, wenn er auch deine Eltern auf dem Gewissen hat.«

Jule erwiderte den Blick stumm und mit klopfendem Herzen. Und dann erzählte der Mittelgroße Konfusio die ganze Geschichte.

»Sinister hat es auf das Kostbarste der Menschen abgesehen. Der Ort, der ihre Fantasie, ihre Liebe und überhaupt alle Gefühle in sich trägt: ihre Seele! Er will die Menschen aussaugen, zu seelenlosen Monstern machen. Und das ... macht ihn reich. Reich und mächtig! Er wollte dadurch unsterblich werden!« Konfusio hielt inne und schluckte. Mit gesenkter Stimme fuhr er fort: »Mein Vater ist ihm auf die

Schliche gekommen. Er wollte Sinister aufhalten. Den Seelenfänger zerstören. Die anderen waren schon zu ... krank. Sie konnten nichts mehr tun. Aber Sinisters Macht war einfach zu groß. Mein Vater konnte ihn nur schwächen, nicht vernichten.«

»Ist er etwa damals ...?«, fragte Emma leise.

Konfusio schlug die Augen nieder. »Avarus konnte fliehen. Bis dahin kannte ich ihn überhaupt nicht. Ich bin bei meiner Mutter aufgewachsen und als ich meinen Vater zum ersten Mal traf, war diese grausige Geschichte längst Vergangenheit – aber noch lange nicht vergessen. Er war nur noch ein Schatten seiner selbst. Dabei war er einst ein begnadeter Magier. Einer der Größten seiner Zeit. Kurz darauf ist er ...«

Konfusio zog den Kopf ein und verstummte.

Jule schniefte. Sie streckte ihre Hand aus und berührte vorsichtig Konfusios Schulter.

»Und jetzt beginnt alles von Neuem? Aber ... Wie kann es sein, dass Meister Sinister frei herumläuft? Wie kann es sein, dass die anderen ihn nicht wegjagen?« Jules Stimme war brüchig.

Konfusio sah auf. »Der Spiegelzauber hat sie vergessen lassen. Deshalb können sie euch auch nicht erzählen, was geschehen ist. In ihren Köpfen gibt es die Erinnerung nicht mehr. Aber sie ahnen wohl, dass etwas nicht stimmt.«

Mo, Emma und Jule starrten ihn an.

»Sinister darf niemandem mehr schaden. Genau deshalb bin ich hier. Lange habe ich alles vorbereitet, um das zu vollenden, woran mein Vater gescheitert ist. Morgen, wenn der Mond voll ist, in der Nacht der Nächte, ist es so weit. Wenn alles zusammenkommt: die Energie des Berges, die Magie der Wunschelberger und ein begeistertes Publikum, dann wird meine Apparatur stark genug sein. Dann können wir Sinisters böses Machwerk beenden und alle vom Spiegelzauber befreien. Ihr müsst wissen, dieser Ort hier hat eine einmalige Kraft. Eine Gewalt, die alles besiegen kann.«

»Ein Steinklotz voller Energien – Seelenfänger? So ein Quatsch. Das gibt es doch nicht!« Der Berg warf Jules Rufen hin und her. Vielfach hörte sie ihre eigene Widerrede – und konnte sie doch nicht mehr so recht glauben. Mo und Emma starrten hinunter auf die Buden. Das Wunschrondell stand still. Auch sonst war es plötzlich ruhig geworden.

»Aber wenn es doch stimmt …«, begann Emma.

»Es würde alles erklären. Einfach alles«, sagte Mo. »Wie Erna und Gustav ausgesehen haben. Wie … ausgesaugt.«

Konfusio nickte ihnen zu. »Nun, wenn ihr wollt, könntet ihr mir helfen. Sinister ist misstrauisch geworden, er weiß, dass ich etwas vorhabe.«

»Wir müssen das besprechen«, flüsterte Jule.

Die vier machten sich an den Abstieg.

Jule stürmte sofort zu Silvie, um sie auf den Brief und alles andere anzusprechen – aber die winkte ab, murmelte etwas von Kopfschmerzen und verschwand in ihrem alten Bus. Nicht nur sie! Alle Wunschelberger verkrochen sich mit verzerrten Blicken in ihren Buden und die Gäste machten sich an den Abstieg. Leer und verlassen lag die Zauberwiese zwischen den Wohnwagen. Nicht einer fragte, ob sie Hunger hatten. Keiner kümmerte sich darum, wie sie den Abend verbrachten. Nach dem bunten Zauber des Nachmittags lag von einem Moment auf den anderen Stille über dem Wunschelberg. Gespenstische Stille.

»Das ist doch der Beweis!«, sagte Mo.

»Und Konfusio kennt diesen Avarus auf jeden Fall! Klick noch mal das Foto an, Mo!«, sagte Emma.

Der zog das Handy aus der Tasche und Emma deutete auf Konfusios angeblichen Vater. »Guckt mal genau hin! Er trägt auch diesen Armreif!«

Jule zögerte immer noch. »Aber … Die Geschichte ist doch total verrückt! Nur weil alle müde sind, heißt das noch nicht, dass Sinister dabei ist, ihre Seelen zu klauen.«

»Wir müssen ins Spiegelkabinett und nach einem Beweis suchen. Heimlich«, beharrte Emma. »Am besten heute Nacht. Nicht, dass uns jemand erwischt.« Sie deutete auf
ihren Rucksack. »Meine Mutter denkt eh, dass ich heute
bei Jenny schlafe.« Und auch wenn die anderen Probleme
viel größer waren – es fühlte sich gut an, dass zumindest das
nur noch eine halbe Lüge war.

Nicht nur in dunklen Gängen kann man sich verlieren

»Vor ein paar Tagen hätten meine Eltern jetzt die Feuerwehr gerufen«, murmelte Mo, als die Flammen des Lagerfeuers knackten und sich im Takt der Sommernachtsbrise wiegten.

»Ach, reden wir über was anderes!«, murmelte Jule. Sie wollte einen Moment vergessen, wie seltsam müde und leer der Blick ihrer Tante gewesen war. Oder sich zumindest einreden, dass das einfach an der ungewohnten Höhenluft lag. Oder am Wetterumschwung. Alles ganz harmlos.

Emma hob den Kopf. »Schade, dass heute kein Sternenhimmel ist. Der Mond hat sich auch hinter den Wolken versteckt. Dabei wäre er heute fast voll.«

»Hast du schon mal draußen geschlafen, Emma?« Jule starrte in den roten Schein der Flammen.

»Ich ... Also ...«

»Ich hab das mit Silvie schon tausendmal gemacht. Gibt nix Cooleres.«

Das glaubte Emma sofort. Obwohl es für sie schon cool genug war, überhaupt auswärts zu schlafen. Sie hatte noch nie bei Freunden übernachtet. Aus dem einfachen Grund, weil sie keine hatte. Und jetzt ... Sie grinste vorsichtig. Jetzt fühlte es sich fast so an.

Es hätte alles so toll sein können. Das Abenteuer mit Mo und Jule. Die schrullige Truppe vom Wunschelberg. Die große Vorstellung morgen. Aber das alles hatte einen schaurigen Beigeschmack. Etwas lauerte in den Tiefen des Wunschelbergs.

»Was ist denn eigentlich mit Jenny?« Jule riss Emma aus ihren Grübeleien. »Habt ihr euch versöhnt? Obwohl, dann würdest du ja nicht hier sitzen.«

»Doch, natürlich würde ich das! Und außerdem ...« Emma holte Luft.

»Wieso habt ihr euch denn gestritten?«, unterbrach sie Jule.

Emma zuckte mit den Schultern. »Kleinigkeiten. Kennt man doch.«

Jule starrte in die Flammen.

»Ich nicht. Ich bin kein beste-Freundin-Typ. Dafür kenne ich zehntausend Leute an tausend verschiedenen Orten.«

Emma kam sich einfach nur doof vor. Jule war nicht ihre Freundin und würde es auch niemals sein. Und auch wenn sie das nicht persönlich nehmen musste – es machte trotzdem Bauchkneifen. Und Mo – was brauchte der sie schon, wenn er mindestens eine Million Handy-Freunde hatte?

Die nächste Zeit saßen sie schweigend um das Feuer. Sie blickten abwechselnd in die Flammen und um sich herum. Keiner sprach es aus, aber alle dachten das Gleiche: Ob das Schauspiel von gestern Nacht von Neuem begann?

Diesmal jedoch blieben die Buden dunkel. Keine magischen Lichter gab es zu sehen, kein zauberhaftes Kribbeln war zu spüren.

»Kein Wunder, dass nix passiert«, durchbrach Jule irgendwann die Stille. »Die wissen ja genau, dass wir hier sitzen.«

Jedenfalls hoffte sie, dass die Erklärung so einfach war. Aber die Hoffnung war kaum so groß wie einer der lodernden Lagerfeuerfunken.

Unten im Tal schlug die Kirchturmuhr zu Mitternacht.

»Auf ins Spiegelkabinett!«, flüsterte Emma.

»Ich schieb Wache«, erklärte Mo.

Auf einmal – und wie immer scheinbar aus dem Nichts – huschte Kasimir in ihre Mitte. Er rieb sich an Emmas Hosenbein. »Und er passt auf uns auf. Prima, Dicker!« Sie kraulte den Fuchs hinter den Ohren.

Die Mädchen schlichen durch den nachtschwarzen Vorhang. Für Mo sah es aus, als hätte der Eingang des Spiegelkabinetts sie einfach verschluckt.

Emma knipste ihre Taschenlampe an. Der Strahl brach sich in einem der Spiegel. Und von dort aus im nächsten. Und im nächsten. Und immer so weiter. Sie richtete den Schein auf den Boden. So war es zwar nicht sehr hell, aber sie konnten erkennen, wo sie entlangliefen.

»Wie riesig das aussieht! Und von außen ist es so 'ne winzige Bude«, wunderte sie sich.

»Nur eine optische Täuschung. Die Spiegel lassen die Gänge unendlich weit aussehen«, erwiderte Jule.

Die Gänge durch das Kabinett waren ein richtiges Labyrinth. Immer wieder dachten die Mädchen, dass der Gang weiterführte – und stießen gegen eine Glasscheibe. Oder die Abzweigung war nicht da, wo sie zu sein schien, weil ein Spiegel sie in die Irre führte. Und das alles auch noch im

Dunkeln! Wenigstens hatten sie eine Rolle Bindfaden dabei, mit dem sie ihren Weg markierten.

»Hast du das gehört?« Emma fuhr herum und taumelte zurück. Sie blickte in eine Fratze, die sie mit aufgerissenen Augen anstarrte.

»Was ist?« Jule trat an ihre Seite. »Mann, du bist vor deinem eigenen Spiegelbild erschrocken!«

»Aber …« Emma starrte in die Scheibe.

Tatsächlich. Es war ihr eigenes Gesicht.

Aber die Fratze hatte sie sich doch nicht eingebildet!

Schnell drehte sie sich um. Nur nicht zu lange in die Spiegel schauen.

Mo trat von einem Bein aufs andere. Und wenn Sinister auftauchte? Sein Blick fiel in einen der Spiegel. Die Maske, die er beim ersten Mal gesehen hatte, kam ihm in den Sinn – und er kniff schnell die Augen zu.

»Mann«, murmelte er. »Quatsch mit Soße. Gibt keine Gehirnwäschespiegel.«

Etwas knackte. Mo fuhr herum.

»Sicher nur 'n Ast im Feuer«, versuchte er sich einzureden.

Aber da! Schon wieder! Schritte!

»Mist!«

Er huschte im gläsernen Kassenhäuschen in Deckung und lugte nach draußen.

Eine Gestalt. Ein Mann. Aber nicht Sinister! Er war größer. Lange Haare …

»Avarus!«, flüsterte Mo. War er als Geist zurückgekehrt?

Starr beobachtete Mo die Erscheinung.

Bis ein Geräusch den Zauber störte.

Mo fasste in seine Tasche. Das Handy. Vibrationsalarm.

»Mama«, stand auf dem Display.

Das war nicht sein Handy! Emma hatte ihm aus Versehen ihres gegeben. Warum rief ihre Mutter mitten in der Nacht an? Hatte die rausgekriegt, dass Emma gar nicht bei Jenny war?

Er drückte den Anruf weg, aber sofort brummte es wieder. Also noch mal. Irgendwie aber tippte Mo in der Aufregung daneben und landete im Adressbuch.

Ein einziger Eintrag stand darin.

Mama.

Als er wieder vom Telefon aufsah, war die Gestalt verschwunden. Mo ließ sich auf den Stuhl im Kassenhäuschen sinken. Da merkte er, dass etwas unter seinem Hintern knisterte.

»Hast du das gehört?« Emma zog Jule mit sich in Deckung.

»Schritte!«, hauchte die.

Sie lauschten. Nun war es wieder still.

»Waahh!« Jules Aufschrei ließ Emma zusammenzucken.

»Da war was! Oder … warst das du, Emma?«

Aber es war nicht Emma gewesen.

Da war ein Schatten. Eine große Gestalt.

Emma und Jule wagten nicht zu atmen.

Die Erscheinung verschwand gebückt in einem Gang.

»Wer ist das?«

Es klingelte. Emma zog das Telefon hervor.

Eine unbekannte Nummer erschien auf dem Handy.

»Kommt raus! Ich hab Avarus gesehen. Also, seinen Geist. Und ich hab was gefunden!«, ertönte Mos Stimme.

»Der lag da auf 'm Sitz!« Mo stand vor dem Kabinett, mit einem Papier in der Hand. Einem Plan: Das Labyrinth des Spiegelkabinetts.

Jemand hatte mit einem blutroten Strich einen Weg hindurch eingezeichnet. Er führte zu einer Art Kasten. Dazwischen waren haufenweise unverständliche Formeln und Zahlen zu sehen. Aber darüber stand noch etwas anderes. In krakeligen und irgendwie gefährlichen Buchstaben:

Seelenfänger

»Konfusio hatte recht!«, sagte Emma. »Jetzt ist eindeutig, dass er die Wahrheit gesagt hat!«

»Was 'n Fiesling.« Mo schüttelte sich. »Dieser Spiegelfuzzi spinnt doch!«

»Wir müssen noch mal hinein. Ins Spiegelkabinett!«, flüsterte Emma.

»Und wenn Sinister uns erwischt? Wir sollten das erst mit Konfusio besprechen!«

»Ich glaub das nicht!« Jules Stimme war dünn wie Papier. »Und dass der diesen Plan einfach hier rumliegen lässt, ist ja wohl auch verdächtig.«

»Vielleicht hat er ihn nicht einfach rumliegen lassen.« Emma schluckte. »Vielleicht hat uns jemand geholfen. Derjenige, der da vorhin herumgeschlichen ist.«

»Ihr habt ihn auch gesehen?« Mo machte große Augen. »Das war Avarus, stimmt's?«

»Mann, der liegt irgendwo auf 'nem Friedhof!«, erwiderte Jule. »Der schleicht hier nicht mehr rum!«

Mo und Emma sagten darauf nichts.

Dann reichte Mo Emma das Handy. »Deine Mutter hat angerufen. Nicht, dass du Ärger kriegst!«

Emma nahm es entgegen. »Ich glaub, ich muss euch endlich etwas sagen.«

140.

Mo winkte mit einem schiefen Grinsen ab. »Schon in Ordnung.«

Jule runzelte die Stirn. »Hä?«

»Geht um Freunde. Echte Freunde. Wir haben alle gleich viele, glaub ich.«

Mo fotografierte den Lageplan ab und legte ihn wieder so hin, wie er ihn gefunden hatte. »Wir müssen sofort zu Konfusio!«

Aber Jule schüttelte den Kopf. »Zu auffällig, mitten in der Nacht! Was, wenn Sinister uns erwischt? Wir müssen bis morgen früh warten.«

Emma gähnte. »Und vielleicht kriegen wir wenigstens eine Mütze voll Schlaf. Wir sollten einigermaßen fit sein für das, was wir da vorhaben.«

Doppeltes Spiel mit
gefangenen Seelen

Die Stimmung auf dem Wunschelberg hatte sich völlig verändert. Es war, als wäre die Luft zum Atmen schwer geworden. Alles, was gestern fröhlich bunt ausgesehen hatte,
wirkte nun künstlich. Alles, was gestern noch harmlos gewesen wäre, erschien plötzlich verdächtig. War Franz' Blick
nicht seltsam matt? Als hätte jemand das Leuchten aus seinen Augen rauspoliert. Und wie Erna auf den Stufen vor
dem Wunschrondell saß – mit einem eisennagelsteifen Lächeln. Gustav ließ seine Zaubersachen links liegen. Claire
stand reglos vor ihrem Zelt und starrte ins Leere. Hatte
Sinisters Seelenfänger schon sein Werk begonnen?

»Wir sollt'n besser schnell rüber zu Konfusio«, flüsterte Mo.

Auf dem Weg dorthin hielt Jule Ausschau nach Meister Sinister.

Vergeblich.

»Du hattest recht!«, rief Jule und kletterte als Erste zu Konfusio auf das Dach seines Wagens. Emma folgte ihr und sah sie verwundert und zugleich erschrocken an. Wenn nicht mal mehr Jule eine *vernünftige* Erklärung übrig hatte …

Mo zeigte Konfusio die geheimnisvollen Aufzeichnungen. »Wir müssen was tun! Sofort!«

Konfusio schloss die Augen und seufzte. »Ihr müsst in das Spiegellabyrinth hinein und das hier …«, Konfusio deutete auf den Kasten, »… zerstören. Ich kümmere mich inzwischen um Sinister, so könnt ihr ungestört euer Werk verrichten.«

Mo runzelte die Stirn. »In dem Kasten da stecken die Seelen oder was?«

Emma warf einen bangen Blick hinunter zu den Buden. »Deshalb sind alle so … gruselig! Ich hab so gehofft, dass etwas anderes dahintersteckt.«

Die drei wollten sofort los, aber Konfusio hob die Hand

wie eine Schranke. »Nicht jetzt. Heute Abend. Erst im Schutz der Dunkelheit, wenn der Mond am Himmel steht und der Zauber der Nacht beginnt. Nur dann reicht die Kraft der Magie, um Sinisters Macht etwas entgegenzustellen. Der Berg, die Begeisterung der Zuschauer und die Kraft der Wunschelberger selbst werden meine Apparatur zum Laufen bringen und Sinister besiegen.« Er nickte den dreien zu. »Und ihr könnt mir helfen, wenn ihr währenddessen Sinisters Seelenfänger zerstört!«

Als Emma, Jule und Mo wieder festen Boden unter den Füßen hatten, kam Kasimir angelaufen. Hin und her, hin und her trabte er. Er gab winselnde Töne von sich und blickte immer wieder zu Herrn Rost.

»Was ist denn, Dicker?« Emma bückte sich, aber Kasimir huschte unter ihrer Hand davon.

»Silvie! Ich hab sie heute noch gar nicht gesehen!« Jule schlug sich die Hände vor den Mund. Sie rannte zu dem alten Bus und riss die Tür auf.

Ihre Tante lag im Bett. Sie schwitzte und stöhnte. Und sie starrte durch Jule hindurch, als wäre die unsichtbar. Konfusios Worte kamen ihr in den Sinn. Seelenfänger. Lebensenergie.

Es war kein Unfall damals!

»Silvie! Wach auf!« Jule schrie. »Sie muss in ein Kranken-haus.«

»Und denen erzählen wir, dass ein Verrückter ihr die Seele geklaut hat?« Mo hob ratlos die Schultern.

»Aber wir müssen etwas tun!«

Emma räusperte sich. »Meine Eltern. Sie sind Ärzte. Aber ich …«

»Ruf sie an! Sofort! Sie muss weg von hier! Weg von Sinis-ters verrückter Maschine und diesem verdammten Berg!«

Emmas Eltern rollten mit dem Auto den Berg hinauf. Sie warfen Emma einen fragenden Blick zu, aber für Antworten war keine Zeit. Vorsichtig, als wäre sie aus Porzellan, luden sie Silvie in das Auto. Jule und Emma stiegen mit ein.

»Kommt rechtzeitig zurück!«, flüsterte Mo ihnen noch zu. »Sonst …« Er biss sich auf die Lippen. Mo sah dem Wagen hinterher, wie er sich den Weg hinunterschlängelte. Ein Arm legte sich um ihn. »Konfusio!«

Er nickte Mo zu. »Keine Sorge. In den richtigen Geschich-ten gewinnen immer die Guten.«

Der Mittelgroße Konfusio lächelte, als er das sagte. Das vertraute Konfusio-Lächeln.

Oder doch nicht? Irgendetwas war diesmal anders. Mo konnte bloß nicht sagen, was. Ob der Seelenfänger auch bei ihm schon zu wirken begann?

War das schwül. Und die Mücken! Sie surrten in schwarzen Scharen um Mos Kopf herum. Schweißtropfen perlten von seiner Nasenspitze. Den Wunschelbergern dagegen schien die brütende Hitze nichts auszumachen. Für den großen Abend hatten sich alle extra herausgeputzt. Madame Claire trug ein zartes, vanillefarbenes Kleid mit silberner Spitze. Wie immer bodenlang. Fräulein Erna sah aus wie eine Himbeere. Lippenstift, Kleid und die Blume im Haar. Alles passte. Gustavs Zylinder war immer noch zerknautscht, aber keine Staubfluse war darauf und Franz im Glück hatte tatsächlich irgendwo einen karierten Anzug ohne geflickte Stellen herausgekramt. Und Mos Eltern – sie waren Harlekins! Ohne die Masken, aber mit schwarzer und weißer Schminke im Gesicht.

Kasimirs Fell leuchtete wie loderndes Feuer. Unruhig wuselte er zwischen den Buden herum und ließ sich mit nichts locken. Aber Mo musste bloß genau hinsehen, dann merkte er, dass auch mit den Zweibeinern nach wie vor etwas nicht stimmte. Es war, als hätten sie alle Masken auf. Lächelnde

Gesichter. Dahinter lag etwas Düsteres. War das die Sorge um Silvie?

Nur Meister Sinister sah aus wie immer. Kühl und reglos stand er da und starrte Mo mit seinem Schlangenblick an. Mo ballte die Hände zu Fäusten.

Erst als die Sonne sich schon verfärbte, kamen Jule und Emma zurück auf den Wunschelberg. Sie gaben Entwarnung. Silvie ging es wieder besser und sie schlief sich bei Emmas Eltern im Gästezimmer aus.

»Vermutlich eine Lebensmittelvergiftung, haben sie gesagt. Eigentlich sollte sie ins Krankenhaus, aber sie hat sich gewehrt«, erzählte Jule.

Emma sah Mo und Jule an. »Und wenn es doch etwas anderes ist?«

»Kaum ist sie vom Wunschelberg und Sinisters dämlichen Spiegeln weg, geht es ihr besser.« Jule schüttelte den Kopf. »Das ist doch alles total verrückt!«

Am Himmel brauten sich mehr und mehr Wolken zusammen. In der Ferne zuckten die ersten Blitze. Bei jedem einzelnen zuckte Jule mit. Sie bemerkte Mo und Emmas Blicke. »Ich hab schon immer Schiss vor Gewittern. So wie andere vor Spinnen oder Mäusen.«

»Is' aber auch gruselig hier oben«, gab Mo zu.

Die Sonne verschwand langsam hinter dem Wunschelberg und tauchte den Himmel, die Bäume und die Buden in einen fast unnatürlichen, leuchtend orangenen Schimmer. Am Horizont hatte sich ein Turm aus Gewitterwolken aufgebaut. Alle warfen bange Blicke zum Himmel.

Der Magische Gustav steckte sich den Zeigefinger in den Mund und hielt ihn in die Luft. »Das zieht vorbei! Der Wind wird die Wolken davonpusten!« Aber ganz überzeugt sah er nicht aus.

Als die Stimmen der ersten Besucher den Berg hinaufklangen, entfachte Antonio das Feuer an den Fackeln. Lichterketten und Lampions leuchteten – und über ihnen stand der runde, volle Mond, umgeben von unzähligen Sternen, am Nachthimmel.

Wieder lag ein Knistern in der Luft. Das magische Gänsehaut-Knistern, das sie bei jeder Vorstellung und auch in der Zaubernacht erlebt hatten. Aber diesmal fühlte es sich kalt an. Stach wie Nadeln auf der Haut.

Emma erschauderte. Sie blickte zu Konfusios Wagen. Jule und Mo taten es ihr nach.

Ihr Freund saß auf seinem Dach. Er nickte ihnen zu, legte

148.

die Hände um seinen Mund und ahmte den Ruf der Eule nach. Das war ihr Zeichen. Sinister war außer Reichweite.

Eine Gestalt kletterte gemächlich in Richtung des oberen Plateaus. Konfusio folgte ihr.

Die Splitter der Vergangenheit warten auf der anderen Seite

Ein Schild empfing sie am Eingang des Spiegelkabinetts.

Verirre dich und schau das Dunkle.
Werde neu geboren.
Vergiss.
Flüchte in das Licht.
Und deine Seele ist verloren.

Hatten sie das Schild übersehen oder war es bei ihrem letzten Besuch nicht da gewesen?

Sie traten durch den schwarzsamtenen Vorhang. Es war,

als würden dunkle Wände sie von allen Seiten einmauern. Erst sahen sie nicht die Hand vor Augen. Aber diesmal hatten sie zwei Taschenlampen. Wie beim letzten Mal versuchten sie die Lichtkegel nicht in die Spiegel zu halten.

Mo hatte den Blick auf sein Handydisplay mit dem Plan gerichtet. »Links«, sagte er. »Nu' rechts. Und nu' wieder ...«

»Stopp!« Jule fasste ihn am Ärmel, ehe er in einen Spiegel lief.

»Laufen und glotzen gleichzeitig is' echt schwer«, grummelte Mo. Er hätte gerne darüber gelacht. Aber Gelächter passte nicht in diese düstere Anderswelt.

»Ist das kalt hier!« Emma schlang die Arme um den Oberkörper. Jule atmete mit offenem Mund aus und eine Dampfwolke tanzte im Taschenlampenlichtkegel.

»Habt ihr das gehört?« Emma fuhr erschrocken herum. »Schritte!«

Alle hielten die Luft an. Aber da war nichts.

»Verfolgt uns jemand? Sinister? Weiter!« Mo richtete seinen Blick erneut auf den Lageplan. Gang für Gang und Spiegel für Spiegel näherten sie sich Meister Sinisters Seelenfänger. Ihre Schritte hinterließen ein flüsterndes Echo und von draußen drang dumpf das Donnergrollen zu ihnen herein.

»Da müsste aber 'n Gang sein!« Mo blickte in einen Spiegel. Lang und dürr sah er darin aus. Er schaute schnell wieder weg.

»Du hast dich bestimmt geirrt«, meinte Jule. »Guck lieber noch mal nach!«

Aber Mo schüttelte den Kopf. »Nee. Passt!«

»Und wenn das eine Falle ist? Wenn Sinister uns absichtlich in die Irre geführt hat?«

»Das wäre …« Emma schluckte und schüttelte den Kopf. Da erklang wieder ein Geräusch. Ein leises Kratzen.

»Kasimir!«, rief Emma. Der Fuchs stand plötzlich zwischen ihnen. Er sah sie an, dann ging er auf den Spiegel zu. So nahe, bis sein Atem sich am Glas niederschlug.

»Willste uns was zeigen?« Mo drückte gegen den Spiegel – und er schwang nach vorne. »Eine Geheimtür!« Vor Überraschung taumelte er zurück und das Handy fiel ihm aus der Hand.

Wieder warf Emma einen Blick zurück. »Habt ihr ehrlich nichts gehört? Da ist doch wer!«

»Weiter. Schnell!« Jule griff nach Emmas Hand. Die stutzte eine Sekunde, dann erwiderte sie den Händedruck. Jule warf ihr einen dankbaren Blick zu. Und trotz all der Düsternis um sie herum, musste Emma lächeln.

Mo tippte auf seinem Handy herum. »Mist! Das is' kaputt!« Seine Stimme quietschte wie eine rostige Tür.

152

»Mo. Komm schon. Das ist nur ein Telefon!«, drängelte Jule.

»Außerdem hast du jetzt echte Freunde, ist doch viel besser als die da drin«, rutschte es Emma heraus.

Mo sah sie an – und sie zu Boden. Da aber merkte sie, wie er vorsichtig und dankbar grinste. Im nächsten Moment allerdings verzogen sich seine Mundwinkel nach unten.

»Die Freunde sin' egal. Aber die Karte nich'! Die is' jetzt doch auch futsch!«

Nun rissen auch Emma und Jule erschrocken die Augen auf.

»Wenn wir den Seelenfänger nicht rechtzeitig finden und zerstören, hat Sinister gewonnen!«, stieß Jule hervor.

Sie gingen den düsteren, engen Geheimgang entlang, bis zur nächsten Abzweigung. Hier teilten sie sich auf. Emma links, Mo rechts und Jule würde warten. »Jeder macht fünfzig Schritte, keinen mehr! Egal, ob der Weg dann weitergeht oder nicht, ihr kommt sofort zurück!«

Emma nickte. »Wir dürfen uns auf keinen Fall verlieren!«

Weil das Handy mitsamt Taschenlampenfunktion kaputt war, hatten sie nun ein Licht zu wenig. Jule musste im Dunkeln zurückbleiben. Als die anderen in den Gängen verschwunden waren, drückte sie sich ganz eng an die Wand.

Tock-tock-tock erklang es. Ganz schnell.

Was war das? Klopfte da jemand?

Oder waren es Schritte? Avarus?

Jule atmete tief durch.

Da, wieder das Geräusch! Ihr Herz raste vor Aufregung.

»Kommt bitte schnell zurück«, flüsterte sie in die Dunkelheit.

Dort hinten! Ein Schatten! Er kam auf sie zu! Sie schloss die Augen und atmete so leise wie möglich. Kurz darauf spürte sie etwas Weiches: warmes Fell an ihren Beinen. Kasimir! Sie ging in die Hocke und kraulte den Fuchs. »Und was meinst du? Geht das gut aus, Dicker?«

Ihr kam es vor, als ob Kasimir zitterte.

Emma kam nicht bis fünfzig. Schon bei knapp der Hälfte ging der Gang nicht weiter. Sie malte eine Markierung an die Wand und noch eine, als sie wieder bis zur Abzweigung zurückgegangen war. Dann warteten sie, Jule und Kasimir auf Mo. Aber er kam nicht!

»So lange kann doch nicht mal der Schnarchi für fünfzig Schritte brauchen!«, schimpfte Jule. Sie war gar nicht sauer.

Aber es fühlte sich besser an, wenn man die düstere Stille mit wütenden Worten füllte.

Einen Moment warteten sie noch. Bis Kasimir sie anstupste und loslief.

Sie folgten ihm, ohne zu zögern.

Beim Gehen zählten Emma und Jule im Flüsterton ihre Schritte. Es tat gut, sich darauf zu konzentrieren. Auf etwas so Logisches wie Zahlen.

»Mo! Was machst du da?«

Mo stand mit dem Rücken zu ihnen. Reglos starrte er in einen Spiegel. Einen besonders großen, mit einem altmodischen, schnörkeligen Rahmen.

»He! Mo!«, wiederholte Jule.

»Der Seelenfänger!« Emma stürmte zu Mo und rüttelte an seiner Schulter.

»Sach ma' … Spinnt ihr?!«

Jule atmete tief durch. »Wir dachten, du …« Sie stutzte. Der Spiegel war blind, das Kristallglas im Lauf des langen Spiegellebens schwarz geworden. Oder lag es an Meister Sinisters fiesen, dunklen Blicken?

»Guckt ma'«, flüsterte Mo.

»Wir dürfen nicht in den Spiegel schauen!« Emma wollte

Mo wegziehen. Aber als sie mit ihren Augen das Glas streifte, verstummte sie und starrte ebenso hinein. Jule ging es nicht anders. Sie konnte und sie wollte nicht wegsehen.

Der Spiegel war nicht mehr schwarz, aber sie blickten auch nicht in ihr Spiegelbild. Vor ihnen erschien der Wunschelberg. Mitsamt den knochigen Bäumen, den Büschen und den Buden. In der ganzen Farbenpracht. Das Wunschrondell drehte sich. Franz im Glück thronte auf seinem Stuhl und pries den Besuchern Lose an. Gustav stand inmitten der Wiese und verbeugte sich. Der Himmel war düster. Im letzten Schein der Abendsonne leuchteten dunkle Gewitterwolken am Horizont wie lauernde Ungeheuer.

»Hier stimmt was nicht«, murmelte Emma. »Schau dir mal Erna an. Und Gustav!« Dessen Zylinder glänzte wie neu, ohne eine einzige Beule! Auch sein Anzug sah kein bisschen zerknautscht aus. Sein Haar wirkte dunkler und er hatte keine grauen Schläfen. Fräulein Erna hatte feuerrote Haare und statt ihrer tausend hatte sie höchstens fünfhundert Falten im Gesicht.

Und noch etwas war anders: Der Wunschelberg hatte seine steinernen Ohren noch nicht. Nur eine einsame Bergspitze thronte dort oben.

»Der Spiegel lässt uns in die Vergangenheit schauen!«, flüsterte Jule.

Und dann passierte etwas Seltsames. Noch seltsamer als so vieles, was sie in den letzten Tagen auf dem Wunschelberg erlebt hatten.

Es kribbelte. Ein Rauschen erklang. Bunte Lichter zuckten um sie herum. So, wie sie es auch draußen schon erlebt hatten. Und auf einmal – waren sie mittendrin! Sie standen auf der Wiese. Um sie herum waren die Buden. Zahlreiche Besucher. Und die Wunschelberger. Ein buntes, schillerndes Jahrmarktgewusel.

Das Wunschrondell drehte sich, die Leute standen für Lose an oder warteten auf Madame Claire, um einen Blick in die Zukunft zu erhaschen. Aber keiner schien sie zu bemerken. Kein Blick richtete sich auf sie und es rempelte sie auch niemand an. Als ob die drei eine unsichtbare Schutzwand um sich hätten.

»Silvie!«, rief Jule. Ihre Tante stand neben der Süßigkeitenbude – doch sie reagierte nicht.

»Franz! Schau mal rüber!«, rief Mo Richtung Losbude. Nichts.

»Wir sind für die wie Geister«, flüsterte Emma.

»Die sehen so …« Mo überlegte. »So unglücklich aus.«

»Das ist alles seltsam«, meinte auch Emma. »Alles ist so … grell. Die Musik ist zu laut. Und guckt mal, wie schnell sich das Wunschrondell dreht!«

Jule nickte und schaute sich suchend um. Konnte es sein? Waren ihre Eltern etwa auch hier? Sie konnte sie nirgends sehen.

Es krachte. Donner! Die Gewitterwolken schluckten auch die letzten Abendsonnenstrahlen. Es wurde düster. Nur die Lichter der Buden leuchteten unnatürlich hell und tauchten die Gesichter in ein grün-rot-gelbes Licht. Gleichzeitig kam der Regen. Dicke Tropfen platschten vom Himmel. Schwer wie Kieselsteine fielen sie auf die Köpfe der Besucher, die sich eilig in Sicherheit flüchteten. Auch Mo, Emma und Jule wollten in Deckung gehen – doch sie wurden gar nicht nass.

Ein heftiger Wind erhob sich. Er zerrte an den Jalousien, brachte die Fensterläden zum Klappern. Einem Mann flog der Hut davon. Aber die drei standen sicher. Nicht ein einziges Haar wackelte im Wind.

»Schnell weg hier, ehe es richtig losgeht!«, rief eine Frau und machte sich an den Abstieg. »Der Blitz sucht sich immer den höchsten Punkt!«

Die anderen Zuschauer folgten ihr nach unten.

Der Wind wurde stärker, die Regentropfen dichter. Fackeln, die in die Wiese gesteckt waren, flackerten im Sturm – dann erlosch eine nach der anderen.

Aber die Wunschelberger machten einfach weiter.

158

Gustav begann mit seiner Zaubervorstellung, das Wunschrondell drehte sich – schneller und immer schneller – um Erna herum, die in seiner Mitte stand. Claire saß vor ihren Karten, in ihrem flimmernden Zelt, an dem der Wind nagte.

Niemand kümmerte sich darum, dass er nass wurde.

Niemand scherte sich darum, dass kein Publikum da war.

Niemand zuckte, als der Donner krachte.

Niemand, außer Mo, Emma und Jule.

»Schaut!« Mo deutete nach oben.

Der Vollmond leuchtete – genau in der Mitte über der Bergspitze. Unter der runden Scheibe hatten sich die Gewitterwolken wie eine schwarze Mauer aufgetürmt.

»Da klettert jemand herum!«, rief Emma.

Wieder krachte der Donner, keine Minute später zuckte ein greller Blitz über den Himmel.

Das Gewitter war fast über ihnen.

Ein Blitz.

Ein Krachen.

Und wieder von vorne.

Die Abstände wurden kürzer und kürzer.

Aber die Leute am Fuß des Berges schienen es nicht zu merken.

»Gruselig. Total gruselig«, flüsterte Mo.

Sie verfolgten die kletternde Gestalt mit ihren Blicken. Es war ein Mann. Er hielt etwas in seiner Hand. Einen Schirm. Blinkend reflektierte er den Schein der Blitze.

»Der ist doch nich' aus Metall oder? Das wär' Irrsinn!«, rief Mo.

»Es kann ja nichts passieren«, sagte Emma. »Wenn das hier ein Blick in die Vergangenheit ist – heute geht es allen gut!«

»Avarus! Nicht!«

»Komm runter!«

»Das ist lebensgefährlich!«

Zwei Leute, ein Mann und eine Frau, stürmten an ihnen vorbei, weiter den Berg hinauf.

Jule schlug eine Hand vor ihren Mund.

»Nein, es geht nicht *allen* gut!«

Emma warf erst Jule, dann den zweien einen entsetzten Blick zu – und Mo sprach aus, was alle dachten: »Das sind deine Eltern!«

»Avarus!«, erklang es noch einmal. »AVARUS!«

Der Ruf wurde vom Felsen hin und her geworfen und dann – von einem Donnerknall zerschmettert.

Das hier war die Vergangenheit und sie selber nur selt-

same Geister aus der Zukunft. Geister, die lediglich tatenlos zusehen konnten.

Sie sahen, wie Jules Eltern auf die Spitze kletterten.

Sie sahen, wie sich Jules Eltern Avarus Schritt für Schritt näherten.

Sie sahen, wie der Sturm an ihnen zerrte.

Jules Eltern waren fast bei Avarus angekommen.

»Geht zurück! Verzaubert die Menschen!«, rief er. »Das ist die Nacht der Nächte. Der Moment, auf den ich mein Leben lang gewartet habe! Die Magie des Berges wird in mich übergehen und mich unsterblich machen!«

Die Wunschelberger hoben ihre Blicke zu Avarus und erstarrten.

Jule drehte den Kopf weg und schlug schluchzend die Hände vor das Gesicht. »Warum macht keiner was? Warum hilft denn keiner?« Tränen liefen ihr über die Wangen.

Sie ahnte, wie die Geschichte ausging.

Noch ein Knall.

Der Knall.

Ohrenbetäubend. Als wollte es alles und jeden in Stücke hauen.

Das klagende Echo des Donners war noch nicht verklungen, als es wieder blitzte. So grell, dass Jule sogar zwischen ihren Fingern das Licht sah. Lautlos. Lautlos und fürchterlich. Noch ein Blitz. Gleichzeitig mit dem Donner. Und noch einmal.

Emma schluchzte auf. Mo stöhnte.

Langsam, ganz langsam drehte Jule sich herum.

Wie Ohren ragten die beiden Spitzen des Wunschelbergs auf. Die Blitze hatten den Gipfel entzweigerissen.

Auf der einen Seite stand Avarus.

Die andere war leer.

Es war still. Kein Wind. Kein Donner. Als hätte das Gewitter alles verschluckt.

Und dann begann die Welt zu zittern. Emma, Jule und Mo kniffen die Augen zusammen. Ein Klirren. Als ob tausend Gläser auf den Boden krachten.

Aber es war der Spiegel. In Millionen kleiner Scherben – wie funkelnde Kristalle – lag er auf dem Boden des Spiegelkabinetts.

Gefangene befreien sich
aus dunklen Spiegeln

Jule starrte auf die Splitter und schüttelte den Kopf.

»War das … echt? Also ich meine, ist das so passiert?«
Ihre Stimme war nur ein leises Flüstern.

»Konfusio hat gelogen.« Emma zitterte. Genau wie Jule
und Mo.

»Raus«, keuchte Mo. »Ich brauch Luft!«

Jule biss sich auf die Lippen, schloss die Augen und schüttelte langsam den Kopf.

»Wir müssen erst den Seelenfänger …« Sie stockte. Die
schrecklichen Bilder aus der Vergangenheit blitzten in ihrem Kopf auf. Es gab keinen Seelenfänger. Konfusio hatte

ihnen den Plan als falsche Fährte untergeschoben! »Dieser Avarus ist schuld. Er hat meine Eltern ...«

»Diesmal werden sie uns die Wahrheit erzählen!« Emma stürmte auf den Gang zu, durch den sie hereingekommen waren – und stieß dumpf gegen eine Glasscheibe. Sie versuchte die nächste Abzweigung. Aber erneut: Undurchdringliches Glas.

»Eine Falle! Wir sind eingesperrt!«

Draußen krachte der Donner, dass alle Spiegel leise klirrten.

»Ein Gewitter. Genau wie damals!«, flüsterte Jule.

»Dazu der Vollmond – und eine große Aufführung. Alles wie früher. *Die Nacht der Nächte*«, stieß Emma hervor.

»Was ist damals passiert? Was hatte Avarus vor? Wäre er nicht gewesen, wären meine Eltern noch am Leben!« Jule starrte in einen der Spiegel. Dann tastete sie die Scheibe ab. »Das ist bestimmt irgendein Mechanismus. Wir müssen nur den passenden Hebel finden.«

Aber da war kein Hebel. Um sie herum war nichts als schweres Glas. Jule, Emma und Mo spiegelten sich. Und der Spiegel spiegelte sich im nächsten Spiegel, der im übernächsten und immer so weiter. Hundertfach blickten ihnen ihre hoffnungslosen Gesichter entgegen.

»Keiner weiß, dass wir hier sind«, wimmerte Emma.

Sie saßen in der Falle. Keine Chance, herauszukommen und keine Chance, Konfusio von seinem verrückten Plan abzuhalten – wie auch immer der aussah.

Es war Kasimir, der sie aus ihrer Erstarrung löste. Er stupste Mo an. Genauer gesagt, dessen Hosentasche. Mo griff hinein und zog etwas hervor. Ein Stein. Gustavs Zauberstein. Der Stein, der vom Himmel geplumpst war.

Mo umfasste ihn mit beiden Händen, holte weit aus – und ließ ihn in den Spiegel krachen. Mit voller Kraft. Und mit voller Wut. Als wollte er all die Lügen gleich mit zerstören. Ein tosendes Scheppern und unzählige Splitter. Der Weg war frei. So ging es mit dem nächsten Spiegel und dem übernächsten … Ein klirrender Regen aus Glas. Dank der Markierungen hatten sie wenig später das düstere Kabinett hinter sich gelassen.

Doch draußen umschlang sie eine andere Dunkelheit.

Es regnete. Es blitzte. Und kaum eine Minute später kam der Donner.

Emma, Mo und Jule blickten nach oben. Einen Moment lang mussten die drei sich besinnen, ob sie sich in der Vergangenheit oder der Gegenwart befanden. Doch der runde, leuchtende Mond hing über zwei Bergspitzen.

Jemand trat auf sie zu. Silvie. Sie sah besorgt aus – aber gesund. Jule fiel ihr in die Arme, im nächsten Moment jedoch wich sie vor ihr zurück.

»Warum hast du nichts von Avarus erzählt? Was er Mama und Papa angetan hat?«

Silvie zuckte zusammen. »Woher weißt du …?«

Jule winkte ab. »Erzähl endlich. Ehe es zu spät ist! Ehe alles zu spät ist.«

»Ach, Jule. Wir haben geschworen, nie mehr darüber zu reden. Um es zu vergessen. Um so zu tun, als wäre es nie geschehen. Und irgendwie haben wir auch vergessen. Zumindest unsere Schuld. Aber ich glaube … Ach was, ich bin mir inzwischen sicher, dass das ein Fehler war.« Silvie holte tief Luft – und dann erzählte sie. Es war, als ob der Wind, der Regen und der Donner um sie herum verstummten:

»Der Wunschelberg war schon immer ein außergewöhnlicher Ort. Er scheint eine bestimmte Magie zu besitzen. Ein Zauber, der dann erwacht, wenn die Leute mit ihrer Fantasie den Berg beflügeln. Doch nicht wegen dieser Magie war unser kleiner Rummel damals etwas ganz Besonderes. Wir waren beste Freunde, hielten zusammen. Der Wunschelberg war unser Leben. Bis …« Silvie schlug die Augen nieder. »Bis der Große Avarus kam. Er wollte den

Wunschelberg zu dem größten und erfolgreichsten Jahrmarkt aller Zeiten machen. Er hat uns angestachelt. Wir sollten bunter werden. Lauter. Prächtiger. Und wir sind darauf angesprungen. Jeder wollte plötzlich besser sein als der andere. Gustav zauberte die wahnwitzigsten Dinge. Claire veranstaltete ihre Séancen vor Unmengen von Leuten. Ich wollte die Zuckerbäckerei weltberühmt machen. Mehr als ein paar Lavendelkekse und bunte Papierblumen, die magisch aufblühten. Alles immer größer, alles immer mehr. Es dauerte nicht lange und wir waren nicht länger richtige Freunde. Wir wurden Konkurrenten.« Silvie seufzte. »Der Höhepunkt sollte die große Vorstellung in jener Vollmondnacht sein. Vor einem riesigen Publikum. Der Wunschelberg würde im ganzen Land, ach was, auf der ganzen Welt bekannt werden, behauptete Avarus. Aber dann kam das Gewitter. Avarus faselte die ganze Zeit von der Energie des Berges, der Macht des Publikums und uns Wunschelbergern ... Aber das Unwetter war zerstörerisch.« Silvie unterbrach ihre Rede und ihre Stimme wurde leiser. Sie sah Jule mit traurigen Augen an. »Deine Eltern wollten Avarus vor dem Unwetter bewahren und ...«

Jule nickte. »Den Rest der Geschichte kennen wir. Fast. Warum wollten nur meine Eltern Avarus aufhalten? Warum habt ihr das alles einfach ignoriert?«

Silvie sah sie traurig an. »Wir waren nicht mehr wir selbst.«

»Und warum seid ihr jetzt plötzlich nach all den Jahren hierher zurückgekehrt?«

»Der Wunschelberg hat uns gerufen. In unseren Träumen«, war Silvies Antwort.

Der Schein fällt mit einem Lächeln

»Verehrtes Publikum!«, klang es hallend zu ihnen herunter. Konfusio.

Er stand auf der einen Seite des geteilten Berges.

Ein Raunen ging durch die Zuschauermenge. Loretta schrie auf, als sie die Gestalt entdeckte. Franz wedelte Fräulein Erna mit einem Taschentuch Luft ins blasse Gesicht und Claire wäre beinahe ohnmächtig zu Boden gesunken, hätte sie der Magische Gustav nicht aufgefangen. Antonio stand reglos, grauer als je zuvor.

»Was macht er da?«

»Ist er wahnsinnig?«

»Nicht noch einmal!«

Die Leute tuschelten aufgeregt. Manche konnten nicht hinsehen. Andere starrten reglos zum Mittelgroßen Konfusio hinauf. Wind brauste auf. Der Regen wurde stärker.

Silvie schüttelte den Kopf. »Es ist genau wie damals.«

»Dann is' das die Chance, es wiedergutzumachen!«, rief Mo und zwar so laut, dass alle es hören konnten. Er sah seine Eltern an, dann der Reihe nach die anderen. Auch wenn er nun etwas besser verstand, warum sie all die Jahre so grau gewesen waren – sie hätten ihn nicht anlügen dürfen!

Eine düster leuchtende Mondschein-Karawane machte sich auf den Weg, hinauf an den Fuß der beiden Gipfel. Auf dem Plateau stand Konfusios silberner Wagen. Funken und kleine Blitze zuckten aus den Antennen, die Satellitenschüsseln knisterten und summten.

»Die Vorstellung kann beginnen!« Konfusio ließ seinen Blick über sein Publikum schweifen. Er lächelte. Wie immer. »Es ist an der Zeit, das Werk meines Vaters zu vollenden.« Konfusio lachte. Ein schepperndes, hohles Lachen. »Dafür hat er mir sein wertvolles Erbe überlassen.« Er hob den Arm, sodass sein Mantelärmel ein Stück nach unten rutschte. Der silberne Armreif mit dem Sichelmond kam zum Vorschein. Er schimmerte blau im Licht der Nacht. »Dieses Schmuckstück trägt magische Kräfte in sich! Damit werde ich anstelle meines Vaters der mächtigste Magier der Welt werden!«

Er machte einen Schritt nach vorne – ins Leere! Ein Aufschrei ging durch die Reihen. Aber Konfusio stürzte nicht. Es sah aus, als ob er schwebte. Dort oben zehn Meter über ihren Köpfen. Oder war da ein unsichtbarer Draht?

Es blitzte. Gleich darauf folgte der Donner. Alle fuhren zusammen.

»Runter! Das ist zu gefährlich hier oben!«

Die Besucher stoben auseinander. Nach und nach machten sie sich an den Abstieg. Weg von diesem Berg, der den Blitz magisch anzog.

Zurück blieben nur die Wunschelberger.

Genau wie damals.

»Der Mond, das Gewitter, die Energie des Berges und ...« Konfusio verbeugte sich: »Die unglaubliche Kraft eurer Fantasie! All das wird mir zu ewigem Leben verhelfen. Und ewiges Leben bedeutet Macht! Unendliche Macht! Endlich werdet ihr es bereuen, was ihr meinem Vater angetan habt. Euretwegen war sein Leben ein Scherbenhaufen! Avarus hat sich auf euch verlassen, aber als es darauf ankam, war er allein!«

Emma schlug die Hände vor das Gesicht. »Konfusio hat genau das vor, was er Sinister angedichtet hat.«

Mo schluckte. »Er hat uns die ganze Zeit was vorgemacht!«

Während die Wunschelberger mit entsetzten Blicken zu ihm hinaufstarrten, ging in Jule etwas vor. Die Angst verflog und Wut nahm ihren Platz ein. Zornig kniff sie die Augen zusammen. »Der spinnt doch. Total. Sein Vater hat ...« Sie schüttelte den Kopf und legte die Hände wie einen Trichter um den Mund: »Konfusio! Dein Vater hat meine Eltern auf dem Gewissen! Wenn er nicht gewesen wäre ...« Ihre verzweifelte, wütende Stimme zerriss die angespannte Stille.

Konfusio sah zu Jule hinunter und geriet ins Straucheln. Wortwörtlich. Er schwankte, verlor mit einem Bein den Halt auf dem Seil. Sein Publikum hörte einen Moment auf zu atmen.

Als er sein Gleichgewicht wiedergefunden hatte, rief er zu Mo, Jule und Emma:

»Was macht ihr hier? Ihr solltet bei den Spiegeln sein. Das hier ist zu gefährlich! Und ... Unsinn! Deine Eltern ... Mein Vater hat ihnen nichts getan.«

»Dein Vater war wahnsinnig! Er hat sein Leben riskiert. Genau wie du jetzt! Meine Eltern wollten ihn retten!«

Der Mittelgroße Konfusio hob sein Gesicht zum Himmel – er lächelte nicht mehr. Er schüttelte den Kopf. »Was redest du? Mein Vater wurde verraten! Die anderen haben den Zauber zerstört!«

»Komm runter!«, rief Mo. »Dein Vater war nicht schuld. Jedenfalls nicht alleine. Immerhin haben die anderen mitgemacht. Hat sie ja keiner gezwungen, aus dem Wunschelberg so 'nen Riesen-Rummel zu machen und dabei fast den Verstand zu verlieren. Sie hätten ja auch 'ne gemütliche Truppe bleiben können, anstatt immer nur besser sein zu wollen!« Er sah die Wunschelberger der Reihe nach an. »Hättet ihr euch nicht so anstacheln lassen, dann, dann …« Den Rest schluckte er herunter, aber die zerrissenen Blicke der Wunschelberger verrieten, dass sie wussten, wie der Satz zu Ende ging. Antonio und Loretta scharrten mit den Füßen in der Erde. Gustav hüstelte – und auch in die anderen kam endlich Leben.

Schließlich ergriff Madame Claire als Erste das Wort:

»Avarus hat darauf bestanden, die Vorstellung durchzuziehen – und wir … ja, wir haben mitgemacht. Weil wir besser als die anderen sein wollten. Weil wir uns Ruhm und Reichtum wünschten. Wir haben deinem Vater die alleinige Schuld gegeben, Konfusio. Aber …« Claires Stimme wurde leise. »Das war falsch.«

»Und noch etwas war falsch!«, rief Jule. »Uns jahrelang

anzulügen! Ich will meine Eltern nicht vergessen. Ich habe ein Recht auf die alten Geschichten!«

»Außerdem können deine Eltern weiterleben, also … Hier, auf dem Wunschelberg. Die wären doch begeistert, wenn es hier wieder werden würde wie früher«, fügte Emma hinzu.

Der Wind gewann an Kraft. Wurde zum Sturm. Es rumpelte. Alle fuhren zusammen. Aber diesmal war es nicht der Donner. Ein Felsbrocken stürzte die Bergkante herunter. Ein Aufschrei ging durch die Menge am Fuße der Gipfel. Auch der Mittelgroße Konfusio zuckte zusammen. Wieder hob er den Kopf zum Himmel.

Wolkenlos hing der Mond im schwarzgrauen Gewitterhimmel. Rund und hell erstrahlte die Scheibe über dem Wunschelberg und tauchte Konfusio in einen unwirklichen Schimmer.

Er breitete die Arme aus. »Das ist die Nacht. Meine Nacht! Ich will nicht im Unglück enden wie mein Vater.«

Mo, Emma und Jule warfen sich hilflose Blicke zu. Sie mussten Konfusio dort herunterbekommen, ehe sich die Vergangenheit wiederholte!

»Und was, wenn dein Vater damals Erfolg gehabt hätte?«, rief Emma zu ihm hinauf. »Was, wenn er all den Leuten ihre Seelen und damit ihre Gefühle und ihre Fantasie ausgesaugt hätte? Er hätte die Magie des Berges zerstört! Nur um reich und mächtig zu werden.«

»Dann wäre das hier der traurigste Ort der Welt – und wir wären alle nur noch leere Hüllen!«, ergänzte Jule.

»Und wir … Ich hätte keine Eltern mehr! Wie du!«, fügte Mo hinzu.

Da ließ der Mittelgroße Konfusio seine Arme sinken. Mit einem traurigen Lächeln sah er sie an.

In dem Moment schlug das Gewitter mit aller Kraft zu. Es reichte kaum zum Durchatmen, da blitzte und donnerte es schon wieder. Alle duckten sich. Es roch nach verbrannter Erde. Der Blitz war kaum ein paar Meter von ihnen entfernt in den Boden geschlagen. Es war, als wollte der Wunschelberg klarmachen, dass es jetzt um alles ging. Um alles oder nichts.

Als das Publikum wieder aufsah, waren die Gipfel in Rauch gehüllt. Der letzte Blitz hatte den alten Baum getroffen. Übrig blieb kaum mehr als ein Haufen Asche.

Nachdem der Qualm verflogen war, kehrte Stille ein. Urplötzlich. Als wäre das Gewitter nie da gewesen. Kein Tropfen Regen, kein Grummeln. Der Mond strahlte inmitten des Sternenmeers über den zwei Felsspitzen. Das Seil dazwischen – war leer.

»Ist er …?« Emma verstummte.

175

Jule schüttelte den Kopf. »Nein, das geht nicht. Nicht noch mal!« Sie schrie.

Mo blickte auf das Seil. Lautlose Tränen rollten seine Wangen herunter. »Wir müssen ihn suchen. Er ist hier bestimmt irgendwo!«

Sie suchten das ganze Plateau ab. Nichts. Es war, als hätte sich Konfusio im Gewitter aufgelöst. Also stiegen sie hinunter zur Zauberwiese. Stumm. Still. Ihr Herzschlag aber war lauter als Donnergetöse.

Und dann:

Ein Klatschen.

Langsam und abgehackt.

Abseits der Felsen stand Meister Sinister. Es war, als würden seine grünen Augen in der Dunkelheit leuchten.

Eine zweite Gestalt erschien neben ihm.

Sie verbeugte sich tief – Sinister tat es ihm nach.

Konfusio lächelte.

Ein verzweifeltes Lächeln.

»Sinister und Konfusio unter einer Decke – das war doch eigentlich klar!«, stieß Jule hervor.

»Ich kapier gar nix«, sagte Mo. »War das jetzt ein Trick? Mit 'nem Beamer und Hologrammen und so?«

»Oder eine optische Täuschung. Sinister kriegt mit seinen Spiegeln bestimmt alles hin«, sagte Jule.

Obwohl Emma überall zitterte, musste sie grinsen. »Selbst wenn ich mich vor deinen Augen in ein Meerschweinchen verwandeln würde, würdest du nicht an Magie glauben!«

Aber auch sie wusste nicht, was sie denken sollte.

Was war echt? Was war Illusion?

Wer war gut? Wer böse?

»Ich … Ihr …« Der Mittelgroße Konfusio sah die drei an. Er senkte den Kopf und Meister Sinister ergriff für ihn das Wort:

»Avarus hatte den Plan, die magische Energie des Berges und unsere Fantasie für seine Zwecke auszusaugen. Es war ein Wahn, von dem er nicht mehr loskam. Avarus fühlte sich von uns verraten. Er hatte uns gedrängt, trotz des Gewitters weiterzumachen. Deine Eltern aber, Jule, haben die Gefahr erkannt. Die große Vorstellung hat niemals stattgefunden.«

»Und deshalb mussten meine Eltern sterben?«, rief Jule.

»Das wusste ich nicht«, flüsterte Konfusio und schüttelte den Kopf. »Ich wusste nicht, dass sie damals dort oben gestorben sind. Es tut mir so leid.«

»Avarus war nicht bei Sinnen. Er forderte Vergeltung. War

blind für alles andere. Und er hat seinen Sohn für seine Rache missbraucht.«

»Wie sollen wir das glauben?«, fragte Jule. »Konfusio hat uns belogen, uns eine Falle gestellt und ... wie können wir überhaupt jemandem vertrauen?«

»Konfusio ... Er wollte uns schützen. Vor dieser Nacht«, warf Mo da ein. »Deshalb hat er uns im Spiegelkabinett eingesperrt.«

Der Mittelgroße Konfusio wagte es erst nicht, den drei Freunden ins Gesicht zu sehen. Er nickte nur stumm. Dann schob er seinen Mantelärmel nach hinten und nahm seinen Armreif ab. »Zerstöre ihn. Bitte. Diese Art von Magie führt nur zu Unheil. Das verstehe ich jetzt.« Er überreichte das Schmuckstück Meister Sinister. Dann sah er zu Mo, Jule und Emma und machte eine dankbare Verbeugung.

»Keine Ursache«, murmelte Mo.

Sinister nahm erneut das Wort an sich.

»Ich wollte Avarus abhalten. Aber auch meine Macht ist begrenzt. Avarus hat mich überwältigt. Er hat uns alle überwältigt. Wir waren Gefangene. Gefangene der Gier, des Wahns und später der eigenen Schuld. Dann gefangen im Vergessen, im Verdrängen. So viele lange Jahre lang.« Er sah Emma, Mo und Jule an. »Aber ihr. Ihr habt uns befreit. Und Konfusio gerettet!«

»Aber meine Eltern …«

Sinister nickte. »Wo auch immer sie sind, dank euch werden sie niemals völlig verschwinden.«

Mo hob die Schultern. »Konfusio und Sie, steckt ihr zwei jetzt unter einer Decke, oder was?«

»Ich neige nicht dazu, mich zu verbünden«, erwiderte Sinister.

»Und das mit dem Berg – dass Konfusio auf einmal hier unten war. Das war doch ein Spiegeltrick, oder?«, fragte Jule.

Da deutete Meister Sinister eine Verbeugung an. »Wir sind Gaukler. Wir stehen auf der Seite der Magie – doch nur so lange, wie Geheimnisse Geheimnisse bleiben.«

»Boah. Mann. Von dem Gerede krieg ich Schwurbel im Kopf«, erwiderte Mo.

Jule und Emma sahen sich an und konnten plötzlich nicht anders, als leise in sich hineinzuschmunzeln.

Und Sinister – auch er grinste. Zum allerersten Mal war es nicht das kalte Lächeln der Schlange.

Unter Freunden ist das Ende ein Anfang

Schweigen herrschte unter den Wunschelbergern. Sie sahen betroffen aus. Dann räusperte sich der Magische Gustav. Und er lächelte! Auch die anderen erwachten aus ihrer Starre. So schwer die Schuld wog, ihnen war jetzt viel leichter. Nach all den Jahren hatte sich der Nebel des Vergessens aufgelöst.

Jule schniefte. Sie presste die Lippen aufeinander – aber dann schüttelte sie den Kopf und ließ die Tränen einfach laufen. Silvie legte einen Arm um sie und Gustav reichte ihr mit einer Verbeugung ein Taschentuch. Sie ergriff es – und hatte eine Blume in der Hand.

»Danke, Magischer Gustav«, flüsterte sie mit einem Lächeln.

»Du, ihr … Ich muss euch jetzt endlich was sagen«, begann Emma. Sie blickte Mo und Jule an. »Jenny war nie meine Freundin. Sie hasst mich.«

Mo zuckte mit den Schultern und zog sein Handy aus der Tasche. »Und ich hab keinen Freund da drin. Keinen einzigen.«

Jule sah erst zu Emma, dann zu Mo. Sie rollte mit den Augen. »Mann, ihr seid vielleicht arm dran …« Ein Grinsen breitete sich auf ihrem Gesicht aus. »Ich hab nämlich zwei!«

»Meine Damen und Herren!«, ertönte da Antonios Stimme. »Kommen Sie und staunen Sie, wie der Zauber weitergeht. In der Nacht der Nächte!«

© privat

Judith Allert wurde 1982 geboren. Seit sie alle Buchstaben gelernt hat, versteckt sie sich sehr gerne und ausdauernd zwischen zwei Buchdeckeln. Während sie in Bayreuth Neuere Deutsche Literaturwissenschaft studierte, veröffentlichte sie ihre ersten Kinderbücher. Heute lebt Judith Allert mit ihrem Mann, Hunden, Katzen, Pferden, Hühnern und Wollschweinen auf einem alten Bauernhof in der lauschigen oberfränkischen Pampa, wo sie sich beim Unkrautzupfen neue Geschichten ausdenken kann.

LESEPROBE
»Adas und Marys unglaublich erfolgreiche Agentur
für das Lösen unlösbarer Fälle«

Der verrückte Hut

1

»Kraft … ist gleich … Masse … mal … Beschleunigung«, murmelte Ada, während sie in ihr Notizbuch kritzelte. Sie grübelte darüber nach, warum es mehr wehtat, wenn sie sich einen Hammer auf den Fuß fallen ließ als beispielsweise eine Socke. Die Beschleunigung oder Steigerung des Tempos ist dieselbe, aber die Masse, das feste *Umpf* von Gegenständen ist unterschiedlich. *Umpf* mal *zoom* gleich *kabumm*!

Ada lag ausgestreckt auf dem Boden eines quadratischen Weidenkorbs. Er ähnelte einem riesigen Picknickkorb und war gerade groß genug, dass sie darin aufrecht stehen konnte, und lang genug, dass sie darin liegen konnte. Durch kreisrunde messinggerahmte Öffnungen fiel Licht herein und beleuchtete Bücherstapel, Papierrollen, einen seltsamen Schraubenzieher sowie ein Bündel Bleistifte. Dicke Seile führten von dem Korb in die Höhe zu einem riesigen zusammengeflickten Ballon. Ballon und Korb schaukelten häufig wild im Wind – denn gerade mal ein paar Seile hielten die Konstruktion am Dach von Adas Haus fest. Letzteres befand sich im Herzen Londons, im Stadtviertel Marylebone.

Der Ballon war eine von Adas besten Erfindungen. Er war mit heißer Luft gefüllt, die Ada durch viele miteinander verschraubte Röhren aus den zahlreichen Schornsteinen des Hauses hineinleitete. Als Ganzes gesehen – mit Röhren, Seilen, Korb und Ballon – hatte man den Eindruck, als würde das imposante Haus einen verrückten Hut tragen.

Ada trug ihr Lieblingskleid aus kirschrotem Samt, das verschlissen und voller sonderbarer schwarzer Schmierflecken war und ein ganzes Stück oberhalb ihrer Fußgelenke endete. Sie hatte dunkelbraunes, fast schwarzes Haar, das zu einem Dutt hochgesteckt war, aus dem hier und da kleine Strähnen zu entwischen versuchten.

»Was wäre«, überlegte Ada in ihrem Weidenkorb, »wenn man eine Socke beschleunigen könnte? Was wäre, wenn sich die Socke so schnell bewegen könnte, dass sie dieselbe Kraft hätte wie der Hammer? Wäre der Schmerz derselbe? Wie schnell müsste die Socke werden und wie stellte man es an, dass die Socke so schnell wurde?«

Solche Sachen überlegte sich Ada die ganze Zeit. Und um ihre Gedanken festzuhalten, machte sie Zeichnungen – kleine Skizzen in Notizbüchern oder auf Papierresten oder auf Tischtüchern. Und einmal (bei einem sehr langweiligen Picknick und sehr zum Missfallen ihrer soeben für alle Ewigkeiten verabschiedeten Gouvernante Miss Coverlet) auf Adas neuem Kleid. Gerade zeichnete sie ihre aktuelle Erfindung: eine Sockenkanone.

Die Sockenkanone nahm sowohl auf dem Papier als auch zwischen Adas Ohren Form an. Aber so eifrig ihre Ohren auch damit beschäftigt waren, die Pläne für die Sockenkanone festzuhalten, konnte Ada dennoch das Geräusch einer Kutsche hören, die sich dem Haus in Marylebone näherte.

Sie griff nach einem Messingteleskop, das beim Schaukeln des Korbes über den Boden gerollt war, stand auf und öffnete den Verschluss. Dann kletterte sie über die dreistufige Strickleiter auf das kleine Verdeck des Ballons, von dem aus ihr Blick bis zur *Oxford Street* reichte. Nur sie und die Krähen kannten die Nachbarschaft aus dieser Perspektive.

Adas Magen zog sich zusammen. Ihre Gouvernante Miss Coverlet überquerte, mit Reisetaschen in der Hand, in diesem Moment zum allerletzten Mal die belebte *Marylebone Road* und ließ Ada für immer allein zurück.

Ada musste zugeben, dass »allein« nicht ganz der Wahrheit entsprach. In der Küche des Byron-Hauses arbeiteten zwei Dienstmädchen, deren Namen sie sich nie merken konnte. Miss Kohl und Miss Rübe, vielleicht auch Rucola und Aubergine, sie hatte ehrlich gesagt keine Ahnung. Wenn das Essen fertig war, wurde es von Miss Coverlet oder Adas sehr großem und völlig stummem Butler, Mr Franklin, serviert – mit Ausnahme von Brot und Butter, die sie sich selbst in der oberen Küche holte. Und anschließend verschwanden die Schüsseln scheinbar wie von Zauberhand; vermutlich, so reimte Ada es sich zusammen, an einen Ort, an dem irgendetwas mit ihnen passierte.

Aber für Ada fühlte es sich so an, als wäre sie ohne Miss Coverlet dennoch völlig allein. Sie hatte das Kindermädchen schon ihr ganzes Leben lang gekannt: Miss Coverlet hatte ihre Kratzer versorgt, ihre Fragen beantwortet, ihre Lieblingsbücher besorgt und darauf geachtet, dass ihre Strumpfhosen nicht kratzten – was Ada grässlich fand. Ja, sie würde sich ohne Miss Coverlet ganz und gar einsam fühlen!

Mit elf Jahren sollte Ada nun zu alt für eine Gouvernante sein und stattdessen einen Lehrer bekommen. Einen Lehrer! Ada wusste, dass es völlig unmöglich war, dass auch nur irgendein Mensch auf dieser Erde ihr etwas beibringen konnte. Dazu hatte sie schließlich ihre Bücher. Bücher, um zu lernen, Bücher zur Unterhaltung, Bücher, die den Dingen einen Sinn gaben. Adas Bücher waren voller Fakten und Zahlen, voller Diagramme und Berechnungen. Mit Büchern musste man nicht diskutieren. Bücher waren da, wenn man sie brauchte, und sie liefen nicht davon, um zu heiraten, wie Miss Coverlet es vorhatte. In Adas Augen war es einfach die dümmste Idee aller Zeiten!

Auf den meisten Wissensgebieten war Ada ein Genie. Waren all die Fakten, Zahlen, Tabellen und Berechnungen aus ihren Büchern erst einmal in ihren Kopf gewandert, blieben sie dort für immer. Schon als Baby hatte Ada Zahlenspiele und Rätsel geliebt. Sie reparierte Dinge, die kaputt waren. Und war sie damit fertig, reparierte sie auch Dinge, die nicht kaputt waren. Oder sie zerschlug Gegenstände, damit sie sie reparieren konnte – mit einer Methode, die niemand außer ihr verstand oder sonderlich praktisch fand.

Das einzige Rätsel, das Ada einfach nicht lösen konnte, betraf *Menschen*. Sie wirkten auf Ada irgendwie *kaputt* – auf sonderbare und verschiedene Weisen, auf die sie sich alle keinen Reim machen und die sie nicht reparieren konnte.

Gerade in diesem Moment gab ihr ihr eigenes Herz ein Rätsel auf: Es schmerzte so sehr, als würde es in der Mitte auseinanderbrechen, während sie beobachtete, wie Miss Coverlet in die Kutsche stieg.

»Ich gehe in meinen Ballon«, hatte Ada vor einigen Stunden gesagt, als sie über Miss Coverlets Abreise informiert wurde. Sie nahm an, dass Miss Coverlet ihre Heiratspläne möglicherweise schon früher erwähnt hatte. Aber Ada war nicht klar gewesen, dass Miss Coverlet deswegen *auszog* und dass ausziehen bedeutete, Ada *allein* zu lassen. Und ganz sicher hatte sie nicht gewusst, dass Miss Coverlet *heute* ging.

Wenn Ada schon allein sein musste, dann war der Salon mit seinen pompösen Tapeten, den verschnörkelten Goldrahmen, seinen luxuriösen indischen Teppichen und den exquisiten Porzellangegenständen ganz sicher nicht der Ort, wo sie »allein sein« wollte.

Also hatte Miss Coverlet mit ansehen müssen, wie Ada sich umdrehte und davonging und dabei ein kleines bisschen mit dem Fuß aufstampfte. Das Kindermädchen hatte im Laufe der Jahre eine Reihe von ausgefeilten Fußstampfern bei Ada erlebt, aber dieser hier schien ihr irgendwie halbherzig zu sein.

Tatsächlich fühlte sich Ada, die nun zusah, wie Miss Coverlet mit der Kutsche abfuhr, als ob von ihrem Herzen nur die Hälfte übrig geblieben war.

Ada hatte sich gerade wieder den Plänen für ihre Sockenkanone zugewandt, als sie den großen schwarzen Türklopfer mit dem Löwenkopf gegen die Eingangstür pochen hörte.

Wer immer es war, er sollte besser verschwinden. Sie wollte sich verkriechen – hier in der Sicherheit ihrer Festung aus Korbgeflecht unter ihrem Ballon. Auch wenn sie wusste, dass sie am Seil auf das Dach herunterrutschen und sich von dort ins Dachbodenfenster schwingen sollte, wie sie es schon Hunderte Male zuvor getan hatte, sie fühlte sich hier einfach am sichersten: in ihrem schwankenden Korb umgeben von ihren Erfindungen, ihren Büchern und ihren Zeichnungen. Nein, sie würde nicht herunterkommen.

Unter keinen Umständen.

... neugierig, wie es weitergeht?

Jordan Stratford:
Adas und Marys unglaublich erfolgreiche
Agentur für das Lösen unlösbarer Fälle
ab 10 Jahren
224 Seiten, Hardcover
ISBN 978-3-7641-5071-6

MARCO ⊕ POLO

Ostseeküste
Schleswig-Holstein

Reisen mit
**Insider
Tipps**

Diesen Führer schrieb Silvia Propp.
Die Aktualisierung besorgten die in
Schleswig-Holstein lebenden Journalisten
Ulrike Pech und Joachim Welding.

marcopolo.de
Die aktuellsten Insider-Tipps finden Sie unter
www.marcopolo.de, siehe auch Seite 100

MAIRS GEOGRAPHISCHER VERLAG

SYMBOLE

MARCO POLO INSIDER-TIPPS:
Von unseren Autoren für Sie entdeckt

★ **MARCO POLO HIGHLIGHTS:**
Alles, was Sie in Schleswig-Holstein
kennen sollten

 HIER HABEN SIE EINE SCHÖNE AUSSICHT

🏃 **WO SIE JUNGE LEUTE TREFFEN**

PREISKATEGORIEN

Hotels	
€€€	über 85 Euro
€€	50–85 Euro
€	unter 50 Euro

Die Preise gelten
für ein Doppelzimmer
mit Frühstück in der
Hochsaison.

Restaurants	
€€€	über 20 Euro
€€	12–20 Euro
€	unter 12 Euro

Preise gelten für ein
Hauptgericht mit
Vor-, und Nachspeise
ohne Getränke.

KARTEN

[106 A1] Seitenzahlen und Koordinaten
für den Reiseatlas Schleswig-Holstein

[U A1] Koordinaten für die Stadtpläne
Kiel und Lübeck im hinteren Umschlag

[0] Objekte außerhalb des Kartenausschnitts

Zu Ihrer Orientierung sind auch die Orte mit
Koordinaten versehen, die nicht im Reiseatlas
eingetragen sind.

GUT ZU WISSEN

INHALT

Die wichtigsten
MARCO POLO Highlights

**Sehenswürdigkeiten, Orte und Erlebnisse,
die Sie nicht verpassen sollten**

1 Kieler Woche
Das größte Segelsportereignis der Welt (Seite 25)

2 Hafenstadt Flensburg
Dänische Gemütlichkeit und ein lebhafter Hafen machen die nördlichste Stadt Deutschlands liebenswert (Seite 27)

3 Salondampfer »Alexandra«
Alte Technik, die lebt: Unterwegs auf der Flensburger Förde mit dem einzigen noch seetüchtigen Dampfer von 1908 (Seite 29)

4 Schloss Gottorf
Prächtige Kultur: Im Schleswiger Schloss sind bedeutende Kunstsammlungen untergebracht (Seite 36)

5 Wikinger-Museum Schleswig
An der ersten großen Wikingersiedlung Haithabu begeistern Tausende Originalfunde (Seite 36)

6 Museumseisenbahn Kappeln
Dampfeiserne Romantik: Reisen wie zu Großvaters Zeiten in der »Holzklasse« (Seite 39)

7 Schleusen Kiel
Ozeanriesen hautnah: Kreuzfahrtschiffe und Frachter fädeln sich in die größte Schleusenanlage ein (Seite 44)

Wie verwunschen wirkt der Plöner See im Abendlicht